DALKEY ARCHIVE

After Claude

Iris Owens

アフター・クロード

アイリス・オーウェンス

渡辺佐智江 訳

国書刊行会

両親に捧ぐ

目次

アフター・クロード　5
解説　若島正　263
訳者あとがき　278

AFTER CLAUDE

by

Iris Owens

アフター・クロード

本書の登場人物とその行動を記述する際、チェルシー・ホテルを取り上げ、想像を交えて自由に描き出すことに関してご許可をくださった同ホテルに感謝いたします。チェルシー・ホテルが長きにわたり数多くの著名で創造的な人々の憩いの場として存在してきたのは、ニューヨークに限らずどの都市においても稀にしか見られない人間性への理解をもって、芸術的表現を支援し奨励しているからです。迷惑を蒙ろうとも表現に干渉しまいとするチェルシー・ホテルに敬意を表します。また、ニューヨークのこの名高いランドマークについて、語り手が行き過ぎた表現をすることに対し、過去、現在、未来の滞在者の方々の寛恕を請う次第です。

アイリス・オーウェンス

1

捨ててやった、クロードを。あのフランス人のドブネズミ。あんなやつに入れ込んで半年も無駄にするなんてどうかしていた。捨てたのは、しょうもない映画をめぐって口論になったから。キリストの生涯の共産主義バージョンみたいなやつだが、なんにせよあたしには共産主義的だとは思えなかった。確かに全員貧乏だし、マリアはダイアモンドのティアラを見せびらかしちゃいなかったけど、そういうことを除いては、死んだあと乞食になるのは実にすばらしいみたいなお決まりの宗教のバカ話。連中、たっぷり三十分はかけて木の釘と槌で本物っぽい十字架にキリストをゆっくりきっちりコンコン打ちつけるから、手相観るのが趣味って人なら、イエス・キリストの運命に関する世界的権威になれるかもよ。そんでもって、毎度おなじみの磔刑を見せられてると観客に思われちゃまずいってんで、空が真っ暗になって雷鳴が轟き、ユーゴスラビアの有名なサッカーチーム演じるローマ軍の兵士たちがピクニックシートの上でモゾモゾ体を動かし、サイコロ振るべきかしまい込むべきか迷っているという具合。

「あいつら、ゲームやめなきゃならなくなるかな」とフランス人のボーイフレンドをそっとひじで突いたとき、このバカが大々的なカトリック発作を起こしているのがわかった。

クロードににらみつけられた。映画館の暗がりの中、スクリーンで発光している聖なる稲妻の閃光にやつの顔の部位が都合よく照らされ、ストロボ撮影の写真のように次々見えた——張り詰めた黒いカエルの目ん玉、頭から泡吹いてる大量の黒い巻き毛、そして最後に、ボク傷ついてますみたいにむっつりと固く閉じた厚ぼったい唇。クロードの表情は二つあった。一つは深刻そうな表情。もう一つは、眠たげな目、見えない蠟燭を吹き消そうとしているようにゆるめては息を吸い込む口。やつはその顔で目を覚まし、一日のほとんどをその顔で演じる。

やつは返事をしたのかもしれないが、キリスト、そしてあっけにとられている観客の批評力とを同時に一掃した天の雷鳴に打たれ、人間のやり取りはことごとくかき消された。場内の照明がつくと、あたしがいたのは緊張病患者の病棟だった。

「助かった」二人でよろよろと通路に移動しながらあたしが言った。「あのおかま、絶対死なないんじゃないかと思ったわよ」砲弾ショック患者どもがこっちに向けた視線といったら。やはりかなりまいっているクロードが、ぼんやりとドアを押した。

ほかのゾンビどもと、映画館からマンハッタンのアッパーウエストサイドの地獄へとゾロゾロ出ていった。なにゆえあたしは、クロードに言いくるめられて極上の拷問を受けるという恩恵にあずかるため敵地に侵入させられてしまったのか。暑い。ニューヨークの夏の猛暑。無風の街路が圧力釜で炊かれ、脂とカスでできた分厚い層になっている。それで思い出したのは、映画館は涼しかったという映画の最良の部分。三時間ぶりにマルボロに火をつける。アートハウスと呼ばれる場所じゃ、テラス以外のどこであってもタバコを吸うことはまったくアートじゃないとされてるからね。クロード（ノンスモーカー）は、一階席の三列目で満足していた。映画通として、首の筋肉が耐えられる限界までスクリーンに近いところにすわるのは自分の務めだと思っているわけだ。

「ッたく」とあたしが干上がっていた肺に煙を送り込みながら言った。「アカデミー賞が八百長じゃないってんなら、エアコン発明したやつがとっくにオスカー受賞してるって」

「だまってらんないのか？　どこへ連れていってもうんざりする」

クロードの口調から自分が罪を犯したのだと推測したが、終わりなき葬送歌が流れるあいだずっと正気を保っていたという罪以外思いつかなかった。

イングランドで英語を学んだクロードは、人を見下したエラそうな口調でしゃべり、それをフランス語のキモい話し方に詰め込み、そのゴタ混ぜが時折り最先端を気取ったアメリカ人の口調で味付けされ、聞いていると大金持ちの自営スパイがしゃべっているみたいだ。なんであたしがこんなやつを速攻で嫌悪しないかというと、理由その一——性急に他人を判断するのは趣味ではない。その二——やつと出会ったとき、喉元にナイフを突きつけてこない相手ならだれでも好ましく思える状況にあった。

まわりで足を引きずっている映画ファンたちはトランス状態から抜け出したらしい。わけわかんないことベラベラしゃべってるんで。暴動を起こすでもなく、映画館に駆け戻って虫食いだらけの座席を引っこ抜くでもなく、ついさっきの過酷な試練がどれほど真正でどれほどすばらしいものだったかと声をそろえてぶち上げている。

「真正だってさ」とあたしはクロードに鼻を鳴らしてみせた。「監督はなにを根拠にキリストが虫歯でにきびだらけだったなんて確信してんのかね」なぜって、そいつのクローズアップはマジで容赦なかったから。

「だまれ。注意を惹くな。どこへ連れていっても恥ずかしい」

「なんだってのよクロード。しょうもない映画観にいくたびに、あたしが与える印象にいちいちヒステリー起こさないでくれる?」

クロードは前方をスタスタ歩いていた。あたしは大声を上げながら、おいていかれまいとほとんど走っていた。ふつうの場所なら怪しまれたかもしれないが、ここではどうってことないひったくりとしてすまされる。

「もっとゆっくり」やつがブロードウェイと九十五丁目の角に差しかかったとき、あたしは叫んだ。六人のマッチョな戦闘員に連れ去られてゲリラの司令部の奥まった部屋で白い女神を演じさせられるというのはあたしのお気に入りの空想じゃないもんで。クロードは待ったが、あたしを待っていたわけではなかった。やつは敵意に満ちた通りをそわそわと行ったり来たり。あたしにはわかっている。三ドル余計に払ってヴィレッジまでタクシーで行くべきか、地下鉄まで遠征して切りつけられたりカツ上げされたりする危険を冒すべきか、重大な局面を迎えているのだ。フランス人男が難しい選択を迫られている。

「決めなさいよね」と、追いついて言った。「金をとるか命をとるか」

クロードは聞こえないふりをして（毎度感心させられる男の知的行為）、回送中のランプが点灯しているタクシーに向かって合図した。あたしたちが子どもやペットや荷物でとっちらかっていない明らかに好ましい間借り人だと見てとったタクシーは、角のところでキーッと止まった。ニューヨークのタクシーはバックしないことくらいどんな薄らバカでも知っているから、あたしたちは感謝に堪えない二人連れのヒッチハイカーのごとく百メートルダッシュした。続いて手短かだが探るようなインタビューがあり、三者ともに大体同じ方向へ行こうとしていることが確定した。むっつりした運転手が後部ドアのロックをはずすと、クロードはあたしを中へ押し込み、例の脂ぎった主任ウェイターのような口調で、モートン・ストリートにあるあたしたちの住まいまでの行き方をこまごまと伝えにかかった。まちがってても追い剝ぎが主導権を握って、涼しくて速いが奮発させられるウエストサイド・ハイウェイを走るなんてことがないように。タクシーの中で十セント硬貨を一枚追加で渡すなんざ、クロードにとっちゃ焼死するに等しい。運転手は憎悪を隠し、処刑に駆けつける高速プラズマのようにブロードウェイを突っ走っていった。

うだるような暑さ、ゾッとするスピード、メーターがクロードの生命力を刻々と奪っていく苦痛で、あたしたちの夜は悲しみと沈黙へと穏やかに溶けていく可能性もあったかもだが、あたしは幼稚な神様のおもちゃだから、いま放り込まれているのはいつものバッちいガラクタの山じゃなくて移動式霊安室だった。完全な狂信者であるわれらが運ちゃんは、ダッシュボードとフロントガラスを、棘をかぶったキリストたち、嘆き悲しむマリアたち、突き刺されて血を流す複数の心臓、だれも自分の母親の墓に供えたいとは思わない青いワックスフラワーで飾っていた。血糊の中に散らばっているのは家族のアルバム。フレームにはさまざまな写真が収められ、精神障害者、ほほ笑む身体障害者、肺病患者、制服姿の誇らしげな変質者なんかが、銃殺執行隊と向き合う人質のように視線を固定して、まっすぐ前を見つめている。

なんたってあたしは人生というこのフリーク・ショーにユーモアを見ようとする屈託のない人間だから、クロードの肋骨のあたりをつついてこう言った。「あの人、座席の下にだれを埋めたのかしらね」

「笑えない」クロードが、さっきの宗教的高揚に苦しみながら険しい顔でじっとしたまま答えた。クロードはその端正な横顔——やつはそれをアメリカ人女性を高めるため海を渡って運ばれてきた芸術作品と考えている——をあたしからそむけたまま、窓の外を見ていた。重いまぶたが黒い目にかぶさり、長いまつげのあいだの細いすき間で、街灯とヘッドライトが束の間反射する。

「笑いを取ろうとしたんじゃないんだけどな。深刻で悲劇的な話だって言いたかったのよ、あんたの心を粉々にしたあの深刻で悲劇的な映画みたいに」

なぜある種の映画監督は撃ち殺されるべきなのかという刺激的な議論を始めることにはならないようだったので、あたしは亀裂が入ったビニールのクッションに背をあずけ、マルボロに火をつけた。霊柩車では禁煙なのか確かめてみなくちゃ。運転手はかすかに煙を感知するとパッと振り向き、意地悪い狂った小さな目をあたしに据えた。

「お客さん、サイン読めねっすか?」

実は読めないが、読めたとしても、こいつの遺物のジャングルの中じゃ、インディアン偵察兵がいなければ、サインは見つからなかっただろう。運転手は、自分のサンバイザーにホチキスで留めてある告知用の小さな印刷物を指し示してくださった。そのメッセージはつまり、運転手の健康状態と、運転手は客の吸うタバコが原因で死亡するという診断。けれど真にあたしを動かしたのは、なぜか見落としていた、運ちゃんの太く毛深い前腕に彫られた刺青だった。赤い十字架の中に浮かぶ青い墓石に「愛する母をしのんで」と刻まれていて、その下には、運ちゃんが母ちゃんをブッ殺した日付も刻まれていた。言うまでもなくそのような永遠《とわ》の哀悼を捧げておられる人間を怒らせたくはなかったから、窓からタバコをポイ捨てした。

「感心だ」とクロードが言い、邪険にフッと笑った。

なにもかもうんざりで、あたしの神がかった我慢も限界に達しつつあった。「どうしたっての？　なんで今夜はそんなに敵意むき出しなの？　こんな葬式に来てってあたし頼んだ？　ついでに言えば、あのおかま映画に行こうってあたし誘った？　そう、おかま」と、やつのこわばった横顔めがけて強調してやった。

「離れろ」とやつがブツブツ言った。「ただでさえ暑いのに、顔めがけて下品な言葉を叫ばれたら息ができない」

「だれが叫んでるって？　だれが下品だって？　おかまってのがいつから下品になったんですかね。それって昨日まであんたのお気に入りの言葉だったのに」そう言う権利があると思ったのは、クロードによると、こいつの英雄であるミック・ジャガーと毛沢東を除く全員はおかまだから。

「ケッ、あんたあの映画の肩持つの？　バスローブ着た筋肉ムキムキの男どもがプラプラしてお互いにしがみついちゃってさ、そんであの毛むくじゃらのハードゲイのゴリラ野郎の洗礼者ヨハネなんか、キリストがおずおずヨルダン川に入ってくのを見つけたとき狂人みたいな目ん玉キラキラさせたりしてんのに。あたしの意見としては、キリストは巻き毛を後ろに流して、ヨハネの原始人みたいな腰布に飛び込むべきだったよね、一物くわえてチュパチュパ、それならもっと目が離せない映画になっただろうし、あたしに言わせりゃもっと真正でもあるんだけど」

さてクロードは、答えないことが最も雄弁な答えであると考えるタイプの男だ。眉毛を吊り上げる、唇を引き締める、グレゴリー・ペック風に一連の顔面痙攣をやる、それで人間のあらゆる知性を表現できるんだから言葉を使う必要なんてないってのがやつのモットー。こいつのさまざまな痙攣がどういう意味かきっちり見抜くのがあたしの仕事なわけだけど、煌々と照らされたリビングでも大変な作業なのに、暗いタクシーに閉じ込められた隷属状態じゃそれは無理。クロードが自分の声の響きを楽しんでいないということではない。誤解しないでほしい。やつは何時間でも何日でもしゃべっていられるが、それは、最近失望したコース料理の一品といった、注意深く選んだ話題だけ。会話？　対話？　意見交換？　絶対しない、ましてや女と呼ばれる脳損傷受けた集団相手には。

「映画に出てきた女だけどさ」と、あたしは顔面を読めるよう近寄った。「マリアはどうだった？　イケてたよね。物静かで、悲しみに暮れてて、洗練されてた。イエスに歯医者になれとか、ひとかどの人物になれとか強制しないし。てか、そういや彼女、映画でひと言でもセリフあったっけ」

クロードが食いしばった完璧な白い歯のすき間から返事した。

「離れろって言っただろが」その要請を拒んだのは、あたしじゃなくて運ちゃんだった。運ちゃんは、臆病にも赤信号で停車したステーションワゴンをよけようとして急ブレーキを踏み、あたしはクロードの胸に投げ出された。

「あのキチガイにスピード落とせって言ってよ」

クロードは、おれとタクシー運転手は不死の薬飲んだんだというようにこっちを見て厭味な笑いを浮かべ、あたしに触られて汚染されたシャツの前を入念にこすった。

「自分で言えよ。なんでいきなり弱気になってるんだ？　どなりつけて侮辱してもいいとおまえが思ってる相手はおれひとりなのか？」クロードはメーターを見つめたまま、怒りで吃った。

「だれが侮辱してるって？　おもしろいわねえ。あたしを癩病患者みたいに扱っといて、こっちがそっちを侮辱してるなんてさ。あたしがしたって自覚してる侮辱はJ・クライストに向けたものだけで、彼はマリアが作ったポテトパンケーキの下から這い出すためならどんなことでもするっていう、ユダヤ人ママの息子じゃないだろなってこと。もちろん彼はものすごく深刻な問題を抱えてる。マリアが毛布で自分の頭包んで、あの子はあたしの耳で孕みましたって言い張ってるわけだから。マジでさクロード、あたしがカトリック教徒だったら映画館にピケ張るって」

「だけどおまえはカトリック教徒じゃないよな」クロードが怒りに満ちた顔をこっちに向けた。「おまえはただのハリエット、ユダヤ人大口たたきのすばらしいハリエットだろ」フランス人男を引っかけば、ナチの突撃隊員のお出ましだ。

「ユダヤ人ときた！　いつからあたしの口がユダヤ人になったんすか？」

あたし的に腹が立つ中傷が一つあるとすれば、良きにつけ悪しきにつけ、あたしが持つ個人的なパワーをあたしにはいかんともしがたい要因のせいにされること。あたしの口がそれほどユダヤ人的だってんなら、頼むからおしえてくれませんかね、なんであたしのユダヤ人の両親があたしの発言を一つとして理解できなかったのか。あたしは感受性の強い年頃にコサックたちの元から連れ去られて、頻繁な胸焼けとバカ丸出しの映画に悩まされるようユダヤ人誘拐犯どもに巧みに訓練されたとしか説明がつきません。

あたしはクロードの的はずれな攻撃を無視し、なぜこいつがこんなに怒っているのか知ろうと努めた。怒っているのはわかっていた。この変態の精神状態も知らずに、だてに半年間こいつの性欲に奉仕して消耗していたわけじゃない。加えてこの二週間、やつはガキっぽい癇癪を起こしていた。二週間というのは、クロードとあたしが途切れずいっしょに過ごした最長記録だったわけだけど。日頃やつは、フランスのテレビ局のニュース制作アシスタントディレクターの仕事で国中飛びまわっていたから。それが手がかりだったが、どういう意味なのか。二週間同じ女といることで、どうあっても対処できない性的そして感情的な危機的兆候がクロードに現れたという気が滅入る可能性には向き合いたくなかった。あの不快極まりない映画を足がかりにすることしか、クロードのジレンマに切り込める機会はないように思えた。二人が映画についてなにかしら同意できることがあったら、そこから本題に移れると思ったわけだ。

「ねえクロード、あのクズ映画のこと話題にして無駄に言葉費やすのやめようよ。あたしと同じだけ退屈だったって認めな。丸々二時間這いまわったりトボトボ歩いたりうめいたりしてさ、正常な人間でも落ち込むって。全員がヤク中の群れみたいにボソボソつぶやいたり足引きずって歩きまわったり。そんでそこにサロメのダンスときた、頼むよまったく。どの宗派でもあれはセクシーなダンスだってことに異論はないはずなのに、ミスター・ホンモノ志向は断固として観客を麻痺させようとするもんだから、ガチの小児性犯罪者もスルーするずんぐりむっくりの十二歳女子見つけてきて、ボール紙のポンチョに詰め込んで、ちょっとばかしクネクネステップ踏ませて、負けずにデブなヘロデ王が、グルメ料理すなわち洗礼者ヨハネの頭を急いでそのガキに届ける。キリストがわめき立ててた罪ってのは、食い過ぎのことじゃないの。キリスト教はウエイト・ウォッチャーズ（米国のダイエットプログラム）の始まりにすぎなかったってわけ？」

　クロードが両腕でしっかと胸を抱え、白いタイトなジーンズで包んだ脚を組み、言った。

「映画のことは議論したくない」

「まったく同感。あんな腐れ映画なんぞクソ喰らえ。あれは拷問だったと認めなさいよ、そうすりゃあたしたちのこと話せるから」

　クロードはため息をついた。

「やめなって、そんなに苦しむの」とあたしが大声で言った。「タクシー中に広がってるよ」

　あたしのささやかな頑固で人間的な部分が、クロードからこう聞かせてもらわねばならなかった――あの映画には嫌悪感をおぼえると。なぜならマジで、あたしみたいな洗練された趣味を持つ女性がアホと暮らしてると思い知らされるのはキツイから。

　タクシーが十四丁目を爆走し、すんでのところでクロスタウンバスをかわしたとき、あたしは目をつぶっていた。運転手は、タクシー運転手なら十四丁目を抜けるときに必ず示す反応、つまり、地獄に突入したような反応を示し、わけがわからなくなり混乱していた。クロードはメーターが突如倍になってんじゃねえかという可能性にゾッとし、頭をまぬけの膝に突っ込まんばかりにして、クイーン・メリー号をドックに入れるかのごとく、七番街を下りブレッカー・ストリートへと誘導した。あたしたちは玄関前にはつけてもらわなかった。そのためには市内の全ブロックを一周しなくちゃならないんで。タクシーがブレッカーとモートンの角で震えながら停車した。クロードは息をこらして十パーセント分のチップを計算するのに没頭していた。運ちゃんは差し出されたクロードの手のひらに硬貨を一枚一枚しぶしぶ落とした。どっちの男も、待たされているあたしが暑さでぐったりしていることなどおかまいなし。取引が終わると、クロードはあたしを置き去りにして道をダッシュした。あたしはやつのあとを小走りに駆けながら、すでにほかのことを心配していた。どうすればブラウンストーン造りのアパートメントの一階で殺意を抱きつつ昼も夜もあたしを見張っているサイコパスの女に気づかれずに、そこの最上階にたどり着けるかということを。

2

クロード相手のしんどい半年間、あたしたちはモートン・ストリートに建つブラウンストーン造りのアパートメントの最上階にある、やつの自宅で共同生活していた。ワンフロア全体を占めるいい感じの住まいで、広い部屋二つ、独立したキッチン、梁が渡された天井、無垢材の床、天窓、使用可能な暖炉。ユダヤの陰謀が聞いてあきれるわ。豪華な暮らしをしていないというフランス人の男に一人でいいから会ってみたいもんだ。アパートメントの賃貸契約をしているのはフランスのテレビ局。ＣＩＡエージェントの皆さん、ご注目を。

クロードは、フランスで放送するニュースのための取材、そして、アメリカ流の生活に関するドキュメンタリー制作を仕事にしているということになっている。美しく保存された土地と記念碑が自慢のあの墓場の住人たちが、ますます得意がっていられるように。クロードの報告は暴動のＣＭみたいだった。学生の暴動、反戦の暴動、ゲイ解放の暴動、大会の暴動、刑務所の暴動、スラム街の暴動——要するに、民主主義機能中。やつが撮影する顔は、血にまみれているか、ガスマスクをつけている顔ばかり。やつのドキュメンタリーでマスクを剝がされた連中の後頭部を見れば、そいつらがいかにしてヤク中、売春婦、犯罪者、老人、病人、狂人になったかがわかる。クロードに特有の行動を眺めるのは実に楽しい——大急ぎで帰宅し、ドアと窓すべてに鍵をかけ、クローゼットの中とベッドの下をチェックし、古い毛皮のコートに家宝を縫いつけにかかる。

クロードの偏見に満ちた目には、アメリカのすべて、アメリカ人すべてが唾棄すべき対象と映っていた。例外は移民労働者とホピ族だろうから、連中が群れをなしてあたしたちを取り囲んでいる姿を想像できよう。いわゆる恵まれない人々を死ぬほど愛するというクロードのこの商売はジョークであり、あたしはそれを一掃したい。やつは不正と腐敗について数え切れないほど共産主義的演説をぶちかましたが、実生活となると、関心は肩書きとおっぱいのみ。〝家族〟から出た人のことを語るとき、やつは声を落として敬意に満ちたしゃべり方をした。そのほかの者たちはゴミバケツから形になって出てきたというふうに。ちゃんとした家族の出であるちゃんとした人々というのは、当然のことながら全員フランス人だった。なにやら不可思議な理由で、アメリカ人となると、やつは優れた知識人と彼らの戸口をふさいでいる浮浪者を区別しなかったから。

あたしがクロードと初めて会ったのは、ローダ＝レジーナが都合よく神経衰弱になった凍えるような二月の夜だった。ローダ＝レジーナはあたしの昔の親友で、目下の敵。あたしは五年間に及ぶ濃密な海外生活ののちアメリカに帰国し、彼女の庭付きの住居に居候していた。R.＝R.がアメリカ流のおもてなしを披露してあたしの持ち物を一つ残らず外に放り投げたあと、あたしがそのアパートメントの玄関前の階段の一番下で縮こまっていたところをクロードが見つけた。事実、あたしは後々語り草になったその夜、隣人全員にお目にかかった。頭のおかしい女が叫びまくってモノを投げ、とうとうベルビュー精神病院へと追いやられるとき、ニューヨーカーというのは集まってぽかんと眺めるのが常だから。外国人のクロードだけが救いの手を差しのべ、愛人兼雑用係にさせるため、そのアパートメントの最上階の自分の住居へとあたしをせき立てた。あとで気づいたのだが、やつはそのときあたしがレイプの犠牲者、もしくは少なくともヤク中でありますようにと願っていたわけだ。アメリカの標本のなかでも、この二つがやつのお気に入り。

あたしはクロードのあとについて、退院して長く経つのにあたしの声や足音が聞こえると症状がぶり返すローダ＝レジーナを気づかい、こそ泥みたいに忍び足で階段を上がっていった。自分を取り囲む狂気に立ち居振る舞いを決められてしまうとは皮肉な話じゃないか。

無事部屋にたどり着いたとたん、『ビッグ・ハウス』に出てきた刑務所の洗濯場に迷い込んだのかと思った。降り注ぐような熱が固まって蒸気になっていたので、頭上のライトのスイッチを手探りした。クロードは、自分の留守中にエアコンを作動させておくくらいなら、あたしが死んでいるところを見るはめになる方がましだと考えている。屋根の下のオーブンが冷めるまでには二人ともすっかり衰弱して、どうでもよくなっているだろう。

「ふう〜。ボイラー動かしすぎ。この湯船、爆発寸前。あんた靴脱いで船から脱出する準備しなさいよ」

クロードは憎悪と嫌悪に満ちた半眼をあたしに据えていた。暑すぎてやつの癇癪なんざ相手にしてらんない。サンダルを蹴り脱いで、ペラペラの綿シャツのボタンをはずしにかかった。窓辺に歩み寄り、ミスター・フェッダー（エアコンの機種）の魔法のボタンを押した。クロードはまだじっとしていた。あたしは形が崩れた粘りつくブラをはずして床に落とした。

「クロード、一晩中そこに立ってるつもり？　もしかしてあんた、この穴蔵の新しい番人？」

返答なし。あたしは寝室へ行く。汗の滴で目がくもっていたが、整えられていないベッドの上でシーツに絡まっている自分の日本のキモノを見つけた。リビングに戻ると、クロードは相変わらずドアのところで歩哨に立っていた。

「どうかした？」

やつがなにやらボソボソ返事をした。

「頼むからさ」あたしは湿った腹のところでキモノを重ね、ヒモを結んだ。「ちゃんと声出しなさいよ。ヘレン・ケラーじゃあるまいし、あたしラジエーターに指あててみたって、あんたがなに言ってんのか聞こえないんだから」

暑かったが少しばかり食欲が出てきたので、キッチンへ行って冷蔵庫のドアを開けた。中に閉じ込められていた冷気は心地よかった。どんな天候でも冷蔵庫のドアを開けるとうれしくなる。あたしを誘拐したユダヤ人どもは、冷蔵庫を開けようもんならトチ狂った。残り物をこっそり見ようとする程度でも、そのうちの一人が追いかけてきて、「ドア閉めて。食べ物全部腐る」と叫んだ。こっちがツタンカーメン王の墓を暴いているとでもいうように。

あたしはめくれ上がったローストビーフを盛った皿をリビングへ運び、食事用のオーク材の丸テーブルに置いた。

「お腹すいてる？」キモい男は相変わらず返事をしない。誘拐犯に育てられたのではないクロードは、残飯あさりじゃなくて規則正しく食事を摂るのが習慣だった。

「すいてない」それは歩いた！　しゃべった！　それはキッチンへ行って缶ビールを手に取った。

「缶切りがない」と、あたしが丸二週間耐えてきた例の傷ついたような声でやつは文句を垂れた。

「ポール・ニューマンに電話したら？　いつも首から十字架みたいに缶切りぶら下げてるって読んだことある。貸してくれるかもよ」

　クロードはがっくりきた様子で、缶ビールのアルミのリングを引き開けた。やつはこういった現代の利便性を認めない性質《たち》だった。やつの家庭用品を把握しておくしかない。

「あの映画でご機嫌になったみたいね」濡れた髪をひねって一つにまとめ、ピンで留めた。

「あんたとはもう公開処刑に立ち会わないようにしないと」

「あの映画が最後だよ、おまえを連れていくのは」

「書面にてお願いします」

「なに一つおもしろいと思わないもんなおまえは。一日中観てるくだらないクイズ番組しか」

　やつは戻ってくるとあたしの向かい側のキャプテンチェアにすわり、オーク材のテーブルに片腕を乗せた。住居のインテリアは伝統のヴィレッジスタイル。ちょっとアメリカ風のテイスト、日本のランプシェード、スウェーデンのラグ、メキシコの燭台、インドのベッドカバー。溺れさせやがってとクロードがあたしを責めた、バケツに入った弱々しい数本のアボカドの木が色を添えている。

　あたしはスライスしたライ麦パン一枚でローストビーフ・サンドイッチをつくり、それを口にねじ込んだ。クロードは、あたしがブタを丸ごと呑み込んでる王ヘビだというようにこっちを見ていた。

「にらみつけたら殺せるとかよく言われるけどさ」と噛みながらあたしが言った。「あんたじゃ無理ってすぐにわかるわよ」

キモノを直す。「あの映画のなにがそんなに感動的だったのかおしえてくんない？　もしあれがどこにでもいるユダヤ人おかまとそいつのお母ちゃんについての映画だったら、あんたここまで感心した？」

クロードがため息をついた。

「やめなさいよ、ため息つくの。あたしがあんたにどんなひどいことしてるってての？　映画行った。無事生きて帰ってきた。今度はそれについて二人の正常な人間みたいに話し合いましょうよ」

「おれは必要ないだろ。正常な人間六人で議論したらどうなんだ」

「それって、二人のやり取りには同じだけの時間を割いてもらってないとか思ってるってこと？　もしそうなら、あたしは自分の時間を百パーセント近く使ってあんたの考え聞いた挙げ句、返事の代わりにブーブー唸っていただいてるって言わないとね。あんたと暮らすためには法的にキャバレーの免許を申請せにゃならん。たとえば、たったいまお尋ねしたいことがあるんだけどさ。なぜあなたは、あたしの口から赤アリが這い出してるみたいにこっちを見ていらっしゃるんですか？」

「気持ち悪いこと言うなよ」

「じゃ、黒アリ。で、あたしが言うことはなんでもかんでも吐き気とか嫌悪感をもよおすっていうこの新しい展開はなんなのよ」

クロードは苦悶しながらも表情をやわらげ、自殺マニアを三十七階の窓の出っ張りから落っことそうと焚きつけるハンサムな若い牧師になった。

「おまえが正しいよハリエット。おれがつらくあたってることはわかってるけど、実は話したいことがあるんだがなかなか切り出せないからなんだ」

「どうぞごゆっくり」あたしはおどけて言った。「あのおかまが死ぬのにかかったほどゆっくりはだめだかんね」

「おかまと呼ぶのはやめろ」とクロードが、血色の悪い肌をいきなり紅潮させて叫んだ。「おまえにはヘドが出る」

「そりゃどうも」と叫び返す。この上なく理解ある女性でも、虐待に対しては我慢の限界ってもんがあるからね。

「ヘドが出る？　どっかのガリガリにやせた男がわざわざ釘で打ちつけてもらうためにめっちゃ重い木のかたまり運んで急な坂登ってくとか、それって感動的だったの？　でもあたしにはヘドが出んの？」

「映画については話し合わない」とやつがこれで何回目か知らないが宣告した。しかしそれを話題にしつづけているのはこいつのほうだ。やつはテーブルの上に両手をついて指を見つめていた。見物人が大勢集まるのを待ってんのはまちがいない。

やつがゆっくりと切りだす。「ハリエット、もうこれ以上いっしょには暮らせない」

「しょうもない映画のせいで？」信じられず大声を上げた。

「映画は関係ない。映画なんていつものことだ。おれがいいと思うものを、おまえは自動的に嫌うからな」

「ちがう。まちがってる。あたしの意見を個人攻撃にねじ曲げるなんてどうかしてるよクロード。誓ってほんとにイヤだったんだから。マルキ・ド・サドじゃなくて申しわけないんだけど、あたしが考える娯楽ってのは、だれかが血流して死んでくのを見てることじゃないんだもん、たとえそいつが神様だって」

やつの声が静かにそして意地悪くなった。「おまえがどうしようもなくはた迷惑な人間だって、だれかにおしえてもらったことあるか？」

「あたしがはた迷惑？」ネズ公ごときがよくもそんなわけわからん非難を口にできるもんだと驚き呆れて笑った。それ以来あたしは、女の知性に追いつめられた男がどんな手段に訴えようともビックリしないことにしている。

「なにかひらめくと、意見があると——いつもだけどさ——おまえはそれを披露せずにはいられないんだ、一回どころか十回も。だれかが割り込めばその相手を葬る。減らず口で相手を粉砕する。もうたくさんなんだハリエット。出ていってくれ」

「出てけ？　出てけってどこへ？　なに言っちゃってんの？」あたしはビビッて、マスタード用のナイフをマカロニの心臓に突き刺した。「わかった、ちょっとやりすぎんのは認める。ねばりすぎんのかもしんない、コミュニケーションとろうとしすぎんのかもしんない。だけど血なのよね。体験を分かち合うってのはとってもアメリカ的なことだから」

あたしは、自分が時間を稼ぐために、足場を確保するために、ぺちゃくちゃしゃべっているという気がした。クロードの怒りがただならぬ感じだから、思わず立ちどまって日没に見とれているうちに人殺しの旦那に崖から突き落とされようとしている罪のない女房みたいな心境になったんで。

「んなわけないだろ。おまえはコミュニケーションなんかしない。おまえは他人の気持ちを踏みにじる。だれの言葉にも耳を傾けずに、あんたはバカだと罵倒するだけじゃないか。ともかく、おまえの体験を共有させられるのはもうごめんだ」怒りで声が震えている。

「ちがうちがう。あたしの熱意を誤解してる。はっきりした意見を持つのはあたしの性分なの。

でも良識よりあんたの反応のほうがずっと大事。もしかしたら、すばらしい映画だったのかもね」

「おれが問題にしてるのは、単におまえの退屈な意見じゃなくて、おれが完全に同意しないと凶暴になるっていうおぞましい態度だ。おまえが好きなものを好きになり、おまえが憎むもの、つまりすべてを憎まなければ、おれに平穏は訪れない。ハリエット、おれたちのこの戦いを終わらせよう」缶ビールをドンとテーブルに置く。

あたしは口がきけなくなり、ぽかんとやつを見ていた。口をきくには呑み込まないとだめだから。抗議の言葉が喉に引っかかっていた。あたしたちが戦ってるなんて、一秒たりとも思ったことはなかったもんで。

やつはあたしの身体的障害を利用して、また攻撃してきた。「おれがだれかを、なにかを好きだと思うと、おまえは完全に暴走する。毎秒毎秒こっちに注意を向けろと要求する。おれはなにも見ちゃならない、なにも称賛しちゃならない。おまえ以外には、おまえとおまえの驚くべき洞察力以外には、なんに対しても反応しちゃならないことになってる。死ぬほどうんざりなんだ、どこまでも続くこの攻撃には。出てってくれ」

声が戻った。かすれてはいるが使える。「そんなこと言うもんじゃないよ。自分を洗脳することになるもん。出てけってどこに？」

「知るか。おれの問題じゃない。友だちも両親もいるんだろ、助けてもらえよ」

「親はどっちも死んだって言ったっしょ」

「ある日死んでたと思ったら次の日は生きてる。ハリエット、もう決めたんだ。楽しい一夜、ふつうの一夜を過ごして、別れることを落ち着いて話し合えたらと願っていた」

「ヘッ」とあたしが大声を上げた。疑うことを知らない女房が、自分が署名しちまったとんでもない遺書を思い出すたびにするように。「ずっと計画してたわけだ。あんたがしてたことはそれ。毎晩ここでくよくよ考え込んでたよね、ベッドで男らしくあたしに向き合いもしないでさ」

やつの目いっぱいの裏切りが、最大級のハリケーンみたいにあたしの中で吹き荒れた。

「ハリエット、フェアにやってくれ」

フェアだって？　こっちをライオンの巣穴に投げ入れようとしてるときに、男どもってのはよくもフェアにやれとか頼めんな。

「映画にはライオンすらいなかった。腹を空かせたライオンを何頭かおまけに加えることもしないなんて、ドケチもいいとこ。ライオンに食われた数知れないユダヤ人はどうなのよ。彼らは数のうちに入んないの？」

「アホ芸したって無駄だぜ、おまえさん。どれほどおまえが必死こいたってケリをつける。ここから出てってくれ。ここはおれの家だ。おまえを招き入れたのは哀れに思ったからだ。玄関の階段のとこでボロボロになってたから、親切心で連れてきてやったんだ。ひと晩のつもりでな。おぼえてるか？」

「ニューヨークじゃどうやって人が出会うと思ってんの？　あたしたち、トリシア・ニクソンの結婚式で引き合わされることになってたの？　そのこと悩んでんの？」

「おれが悩んでんのは、半年過ぎても蛭《ひる》とか寄生虫みたいにおまえに居すわられつづけて、家と人生を破壊されてることだ。たった一回情けをかけたことでいつまで罰を受けなくちゃならないんだよ」

やつの歪んだ性格、やつが自分とあたしについている嘘のせいで、ひややかな怒りでいっぱいになった。なぜならばアメリカ人として、不正との戦いに限界はないのであるから。

「情けときた。いまのいままであたしは、お情けであんたのマットレスに押さえつけられてたっての？　ものすごいお情けの表し方だよね。どんだけキリストっぽいのさクロード。今晩あんたの伝記映画観られたおかげで、あたしいきなりなにもかも理解した。でも映画は中途半端だったよね。あんたを演じたアホは癩病患者にキスしただけだったけど、あんたはヤッたもん」

「叫びまくるのやめろ。夜中の一時だぞ」

「何時に爆弾落とそうかって、前もって考えてたんでしょ、あたしの平和の子羊ちゃん」

「もうたくさんだハリエット。おまえの言うとおりだよ。おれは確かにおまえが魅力的だと思った」

「やかましい。あたしに惹かれてなんかいなかったくせに。あんたが惹かれたのは戸口の登り段で見つけた死体。あんたがやってたのは奇跡であってマラソンじゃないんだから、自分を卑下しちゃいけない」

「おまえの言うとおりだって言っただろ。でもおれがなにをしようが、おまえは別に嫌がってなかったみたいだけどな」やつはここで自画自賛せずにはいられなかった。フランス人男の例にもれず、セックスが専売特許だと思ってるから。

「あんたあたしにここにいてくれって頼み込んだよね、世界お情け記録更新中に」

「頼み込んだわきゃないだろが。だめだ、埒があかない。期待させといてまともに対処したことなんかあるか?」と嘆き悲しむ。「おまえをここに置いといてやったのはおれが街を出たり入ったりしてたからで、それに、追い出すのは酷だと思ったからだ。いっぱいいっぱいになるたびに」と言って、脳ミソがあるべき額のあたりに線を一本引く。「ニューヨークを離れて、そしてまた戻ってくると愚かにもおまえと関わったが、それは一時的な取り決めだとおれたちはいつだって同意していた。いまそれは終わったんだ、おまえが妙ちきりんな考えを通すためにどれほど誇張したってな」

「妙ちきりんだってか！」この激憤がマシンガンみたいな何かでしっかり援護されることを願いながら、すっくと立ち上がった。

「言葉にすぎないよ」とやつがおじけづいて言い、会議のテーブルから離れようとした。ビールを取りに行くわずか十秒のあいだに、あたしが荷物まとめてここを出ていくとでも思ってたんだろ。ご愁傷さまでございます。

「で？　他人のことを妙ちきりんなやつって叫んでまわんの？　しょうもない映画を観るんでも、あんたのしょうもないダチに会うんでも、このみじめな状態から離れるときあんたが必ずヒステリー起こすって、実に妙ちきりんに思えますけどね、あたしこの言葉は慎重に使うことにしてんだけど。それにあんたは、自分をテレビ界のダライ・ラマの地位から蹴り落とそうと企む汚いユダヤ人たちについてはなに言ってもかまわないと思ってるようだけど、キリストが登場する映画については、こっちがちょっとでも意見言うもんなら、あたしたちは宗教戦争に突入する。それこそ妙ちきりんだと言わせてもらうわよ。お訊きしたいんだけど、あんたが考えてるこの家でのあたしの役割ってのは、あんたの捕虜、あんたのこだま、あんたの一人女ハーレムだってんならさ、もしそうなら警告しとくかんねクロード。あたしみたいな人間は、求められるがままに無知なアラブ人に変身したりはしない」

「こいつに分別があるかもなんて望みを抱いたのがまちがいだった」とやつがつぶやいた。

「あんた、ここ二週間は望みを抱くことっきゃしなかったもんね。あたしがバスに轢かれたらいいとか願ってたんじゃないの？」

「信じやしないだろうが、おまえを傷つけて楽しいと思ったりはしないよ」

「だけどさ平和の王子さま、きっと楽しんでるんだろうなってあたしが思ったどんな活動も楽しんでないように見えるけど」

「もうたくさんだ」とやつが大声を上げて椅子から飛び出した。暴力をふるおうとしてるんじゃないかと一瞬怖くなった。あたしは泣き出した。

「ああハリエット」とやつがあたしの震える肩に片手をかけた。「すべてが終わるわけじゃないよ。そんな反応するなって。まさかいつまでもいっしょにいるつもりだったわけじゃないだろ。おれの契約は半年後に終了してフランスに帰るのはわかってるはずだ。だから、おまえが思ってたより早く終わることになった、それだけのことじゃないか」

あたしは手を伸ばしてやつの片腕をつかみ、それが致命的な落下の途中に突き出している枝だというふうにしがみついた。

「ダーリン、そのこと気に病んでるの？　これから半年のあいだにお互い離れられなくなるだろうって心配してるの？　スッパリ別れるなんてできなくなるだろうって？　もしそうなら心配ご無用、半年後には、敬愛する探検家が略奪品をカヌーに積めるだけ積んで母国に帰るところをホッとして見送ってる地元民みたいに、喜んでにこやかにあんたを見送ってあげるわよ。信じてクロード、あたしの目的はあんたがかっぱらう宝物の一つになることじゃない」

「なんの話だよ」声からまやかしの同情が消えていた。

「あんたが共産党のリーダーっていう本来の場所に戻って、その上ことによると処女認定された良家のお嬢様とご結婚なさるためにあたしを捨てても、捨てられてるとは感じないからさ。そこからの半年間にはとてつもなく進歩できる。早くもすばらしい変化が到来している」あたしは一つでいいからクロードの改善された点を挙げようとがんばったが、それには時間をかけてよく考えてみる必要があった。だって人生はクイズ番組じゃないんだし。

やつが片腕を振りほどいた。

「いや」大切な缶ビールを握りしめながらゆっくりとリビングを歩きはじめ、独り言のようにつぶやいた。「友だちからは警告されていたんだ。責められるべきは自分だ」

「あんたの友だちねえ」とあたしは鼻を鳴らした。クロードのすばらしいご友人たちの話をさせていただくと、ある日こっちがどうも気分がすぐれないというときは、そいつら全員がフランス人で全員があたしを毛嫌いしている。あたしは女相続人じゃなくてただの平均的なアメリカ人女子だから。

「ってことは、あんたあのスノッブどもに洗脳されてんの？」

「どうやっておれを洗脳するっていうんだよ。ここに上がってきておれに言うのか、汚れたキッチンじゃきれいな皿を見つけられないだろうにって。あいつが転がり込んできてからというもの、ベッドがグチャグチャなままだろうって。きみの美しい植物が全部枯れちまったじゃないかって」

「枯れてません。枯れたとか言わないように。植物は暗示にすごく敏感なんだから」あたしは窓際に吊るされている植物に駆け寄って茶色い葉っぱをなでなでした。「あなたは生きてるわダーリン。あの人が言うことなんて聞いちゃだめ。あの人ほんとはあなたと同じくらい生き生きしてなきゃならないんだけどね」

けれどクロードはあたしのほがらかな性格の恩恵を受ける代わりに、両手を上げて下手くそなフランス式の見下してるマネをやり、引き結んだ唇のあいだからつぶやいた。「まるっきり話にならない」

「話になんないのはあんたのほうよ。これから経験できそうもない、最も偽りがなくおそらく最も意義深い関係から逃げようとしてるんだから。母親にお膳立てしてもらった関係じゃなかったってんでさ」

あたしがやつを抱きしめようとすると、あたしの腕は影だというふうにそこをすり抜けやがった。

「ダーリン、あたしたちにはほとんど時間がないのにすべきことはたくさんある。あんたはこの先大いに成長し、大いに発展できるんだよ。よくもこれほど稀でこれほど恵まれた機会に目をつぶれるよね、騎士道精神っていう時代遅れな考えからさ」

「おまえの勝ちだよ」なにに勝っているにしろ、その相手はクロードではないという背筋が寒くなる感じをおぼえた。やつはドア付近の自分の持ち場に戻っていた。

「お許し願えるなら、散歩して、おまえがこれまでにしてくれた素晴らしいことの数々を振返って考えてみたい」

「散歩？　頭おかしいの？　三十八度はあんのよ外は」

やつがここを出ていくなんて耐えられなかった。あたしみたいな将来性のある女性がなぜそういう立場に置かれているのか説明するのはむずかしいが、人生においてドツボにはまっているこのときにあっても燃えさかるほどに相手を案じて苦しみ、自殺マニアがドアをぐいと引き開けたこの瞬間ほどそれを強く感じたことはなかった。あたしたちは湯気を立てるようなムッとする空気におぞましくもガッと呑み込まれ、そのせいでリビングが涼しく感じられた。クロードは汚染された暴風に逆らうようにドアを閉めると、それに寄りかかった。

「ね、ベッドに行きましょ」

「ベッドに？　おまえと？」クロードは、移動遊園地の歪んだ鏡の前でふざけているとでもいうように、その古典的な顔をしかめた。「おまえと寝るくらいならドブで寝たほうがましだ！」ドブで寝るというのはフランスの伝統だから、腹は立たなかった。

「もう遅いから、話の続きは明日にしましょ」

「これ以上話し合いはしないよハリエット。明日は金曜。月曜の朝までにここを出ていってくれ」

「もちろんよ」と穏やかに答える。「じゃ、ベッド行こ」

「行けよ」とやつが冷たく言い放った。

「いっしょじゃなきゃヤだ」

「行けったら行け」

あたしは罰を与えられた子どもみたいに、いじめっ子に従った。寝室は蒸し暑かった。だからあたしは一基しかないエアコンが常時動くように奮闘してたわけ。曲げ木のロッキングチェアにキモノを放り投げ、暗闇の中、わびしい寝床にもぐり込んだ。横たわり、クロードがリビングでパタパタ動きまわる音を聞いていた。やつは毎晩そういう芝居をしてあたしが眠りに落ちるのを待っていたが、なにを企んでいたのかこれでわかった。あたしは体を上下させ、子どもみたいに涙を流さず泣いた。冷え冷えした怒りが体を駆け抜けた。クロードにそばに来てほしい。超能力で寝室にたぐり寄せてあたしを求めるよう仕向けたのに、やつはリビングで頑固にくよくよ考え込んでいた。あたしはマルボロに火をつけ、クロードに対する不快な感情をすべてたたき出すよう精神を鍛錬した。簡単にはいかなかったが、いまはヒステリーを起こした女みたいに反応して拒絶といったお決まりのことを考えるべきときじゃない。完全記憶能力を呼び出し、クロードが逆上してぶちまける非難を細心の注意を払って再演した。マシーンははた迷惑という言葉のところでためらい、動かなくなった。

はた迷惑？　はた迷惑って？　フランスの男どもは、自分の声音《こわね》以外のあらゆるものをはた迷惑だと思うのは事実。生まれつきやたらとお世辞を求めるようにできていなかったなら、フランス人の耳は、ひれ、しっぽ、扁桃腺と同じような道をたどっただろう。それはヒントだったのか？　あたしはアメリカ人的な率直な態度を貫き、クロードが生得権だと思っているお世辞を気前よく並べてやるのを怠ったんだろうか。

押し寄せるような感謝の念をおぼえたが、それがだれに、なにに向けてのものなのかは忘れた。一時的に記憶喪失になったものの、脳は再び稼働していた。あっちでクロードがすねてんのは、フランス人の男におれは生きていると感じさせる、果てしなく感謝の念を表すってことをやってもらえてないとか思ったからか？　あたしは日常の事柄において、また寝室での秘め事において陽気で外交的であると同時に、物静かで寛大で謎に包まれた神秘的な客人だ。あたしは相手を底なしに受容する。あの哀れな悪魔は、あたしの慎み深さを無関心と解釈していたのか？　ならば無理矢理にでも、もっと表情豊かになろう。ラッキーなクロードさん。助けに行くよ。

　あたしは今日最後のタバコを吸い終わるなり、ウトウトしたのにちがいない。クロードが横にすべり込んできたとたんビビッと警戒した。夜明けの光が麻のカーテンから漏れていた。

「いま何時？」とあたしはささやいた。ベッドじゃぶっきらぼうな調子で会話しないことにしてるから。

　やつは機密情報を漏らさなかった。横向きになり、深い眠りに落ちた振りをした。そのあったかい背中に体をすり寄せた。背中はこわばった。首にそっと息を吹きかけた。

「やめろ」とやつがめちゃくちゃイヤそうに小声で言った。

　もう日付が変わっていたから、ひと晩十分に対処したと思うことにした。

3

その夜、いつものように夢を見ずに眠った。ほとんど夢を見ないのは、人生を十全にそして自覚的に生きているという事実を反映したものであろう。自分が抱える問題については目覚めているとき解決するようにしているから、その結果、睡眠中は狂ったメッセージを受け取ることなく安らいでいる。元親友のローダ＝レジーナは自分の夢について信じられないほどうぬぼれていたので、ここ十年間精神分析医たちに金をばらまいて稼がせていたが、夜間に自分が生み出した驚異の数々をあたしにも毎日詳しく語ったものだ。

何度あの女に言い聞かせたことか――「ローダ、自分のためになることしな。実在する男と寝たら、悪夢見て時間無駄にしないですむんだよ」。

当然のことながら、ローダ＝レジーナはこの賢明な助言にムカッ腹を立てた。自分の夢のそれぞれには四つ星の評価が与えられているとでもいうように、あたしがブラボーとか言って拍手喝采するもんだと思ってるから。

ローダ＝レジーナは今も自分ひとりの乱交で消耗してボーッとなり、まぶたをしっかり閉じたまま何時間も部屋でフラフラしてるんだろう。

あたしの場合はその日一日を刺激的なクイズ番組で始めるのが理想だ。テレビをつけて『コンセントレーション』視聴。脳ミソ不要の番組だが、それでもすぐ後の番組『セール・オブ・ザ・センチュリー』のいい肩慣らし。あたしのその日一日のドラマは、賞金が上がるにつれ盛り上がる。質問は難易度を増し、回答者たちは妬みと怒りをたぎらせつつも礼儀正しく対峙する。

あたしは『コンセントレーション』に集中《コンセントレーション》できず、前の晩にクロードが陥った凄まじい神経衰弱を、まるで全場面を録画していたように思い出した。

「クロード」と大声で呼びかけた。「クロード、いる？」

返事なし。

あたしは、くしゃくしゃになって体にひっついているシーツを振り捨て、曲げ木のロッキングチェアにうずたかく重なった服の山に飛び込んだ。敵の手に渡り、血がこびり付いて唾を吐きかけられた旗にますます似てきたキモノが、置いたときのまま山のてっぺんにあった。それをしっかり腰のところで縛り、エアコンへ直行した。果たしてそれは作動していなかった。

「つけるなよ」という命令が浴室から漂ってきた。「風邪引きたくない」

クロードには、エアコンの危険性に関し、菜食主義者が肉について抱いている持論よりも多くの持論があった。あたしがキッチンへ行くと、いつもとちがい、ケメックスで愛情込めて用意された淹れ立てのコーヒーはなかった。ヤカンに水を満たしレンジにかける。奴隷の一日がまた始まった。

クロードは濁ったお湯に首まで沈んでいた。「出てけ、風呂に入ってんだから」

「あら、洗礼のお邪魔したんじゃないってわかってホッとした。人に返事しないことにしてんの？」

「いい加減にしてくれハリエット。疲れてるんだ」

「あのさ、そういうふうにバスタブに浸かってるあんたを見てると、『世にも不思議な物語』で観たドラマ思い出すのよね。殺人鬼がさ、医者なんだけど、捕まるまで自分の女房を五人殺したわけ。裁判官が不審に思ったのは、五人ともバスタブで死んでたこと。その医者は貧乏人たちと結婚したわけじゃなかったから、なんでかなと思ったわけ。どうやったか知りたい？」

「用が済んだら出てってくれ」クロードがバスタブで体を起こすと、カールした黒い胸毛がお湯でまっすぐになった。「ひとりにしてほしい」

「わかるなあ。あたし、ルビーのイヤリングといっしょにつけられるようにってオナシスがジャッキーにあげたルビーのネックレスほしいけど、あたしらはこの人生で手に入るもので我慢。

でしょ？　どうやって犯人捕まえたか知りたい？」

「けっこう。スポンジ取ってくれ、そして出てってくれ」

「かつてこういうことがあったわねイケメンさん」とたしなめた。「あたしのアラブの王子様が大理石のバスタブにお浸かりになってるあいだ、彼のシェヘラザードは王子様を楽しませて差し上げた」

　やつはすっとぼけた。

「こういうこともあったわよね高貴なお方、あなたの忠実なる囚われの身の者はご主人様のお体を流して差し上げてたわけだけど、ご主人様が情けをかけてやろうとかいう気分のときには、彼女をその高貴なバスタブに迎えてくださった。おぼえていらっしゃるかしら」

　今回やつは蛇口を全開にして水を出し、あたしのお気に入りの回想を封じた。

「この風呂メチャクチャ熱い」

「ああご主人様、なぜこのわたくしめにお湯を張らせてくださいませんでしたの？　お役に立ちたいのに」

「朝いちでキモすぎんだよ。やめてくれ、疲れてるんだ」

　ちょっとでもセックスをほのめかすとクロードが不安がるのは、ローズ・フランツブラウ（心理学者で新聞・雑誌のコラムニスト）じゃなくたって見て取れる。

「なんでそんなに疲れてんの？　ゆうべあんまり眠れなかったの？」

「ああ」と不機嫌に答える。「おまえに体の上這いまわられてたからな。とうとうあきらめて寝床から出た。あれはなんだったんだ？」

「ただの夢だったんじゃない？」

「目はつぶってなかったよ。スポンジ取ってくれ、洗面台の縁にある。そしたら出てってくれ」

ご主人様のご命令に従うため便器から立ち上がったとき、薬品用の戸棚の鏡に映った自分の姿をうっかり見ちまった。ソフィア・ローレンにお目にかかると思っちゃいなかったけど、うへえ〜、フランケンシュタインの花嫁に会う心構えもできてなかったな。詰め込みすぎのスーツケースをモハメド・アリが親切にも閉めてくれたみたいな、クシャクシャになった顔だった。「あんたにメチャクチャにされてる」とあたしは叫び、やつめがけてスポンジを投げつけた。「あたしにこんな仕打ちしてさ、逮捕されろ」

「いつもどおりの顔だけどな」

「ウソだね。でっち上げ」あたしは躍起になって髪からカニ玉をかき落とした。「あんたが同居させようと引っ張ってきたのはこの顔だったっての？」

瞬発力が高すぎるあたしの性分。オークションで最低入札者にこの舌を売ったほうがよかったかも。あたしはおまえと暮らしたんだとこの変人に思い出させる、それだけが必要なこと。幸いクロードは大切な腋の下を洗うことに没頭していて、あたしのフロイト的失言には気づかなかった。

「おまえの顔、まだだいじょうぶだよ。太ったわりには」

基本的に女を好まない男は、少し肉がついたくらいでもそのたびに不快感に捕らわれる。幸いあたしは必要としていたぶん数キロ増えたから、やつが捕獲した頼る者もない捨て猫ではなくなった。

「ごめんなさいね、やせ衰えた残骸じゃなくなっちゃって。あんたの趣味が死体で、できれば親指から吊るされてんのがいいってことはわかったから、必要な修正はいたします」

「そんなにピリピリするなよ。いまもイケてる体してるじゃないか。代わりなんて難なく見つかるさ」やつはゾッとする笑みを浮かべて悪意ある声明を強調した。

「なんであたしが代わりをほしがんのよ。マジでさクロード、あんたの話し方からすると、あたしはレイプ以外なんも頭にないと思ってんでしょ」

やつは恥ずかしそうな、というか狼狽《うろた》えたような顔をして、脚を洗うのに集中した。

「ダーリン、やってほしい？」

「レイプか？」

「やだあバカね、洗ってほしいかって訊いてんの」あたしは、フランス流ユーモアの強烈にイタい実例にハチャメチャ笑った。

涙をふいた。「あのさクロード、あたし掃除や料理や買い物で手いっぱいでときどき言い忘れてるかもしんないけど、あんた男にしてはいいカラダしてるし、それってフランス人の男にしてはほとんど奇跡じゃんね。マジでさ、パリのチビどもったら、なんか特別見せびらかせるもんがあるってふうに気取って歩いちゃって。自分が見えないって幸いだよね。けどもちろん、フランス人の女ってのはどんな小人にも自分がターザンだって確信させることにかけちゃ疑いなく天才だもん。彼女たちは、確実に民族を繁殖させるためにお世辞っていう技巧を学ばなくちゃならなかったわけよね。あんたの親父さん、チビ？」

「ハリエット、キッチンでお湯沸いてる音がする」

「あ、ほんとだ」飛び上がる。「アナタ、ネスカフェいかが？」

「けっこう。なんだよそのおぞましいアナタとダーリンの繰り返しは」

「ギリシャの神みたいだわ」

「いい加減にしろよハリエット」

あたしは自らコインランドリーを往復させたふかふかのタオルを手渡した。

「背中拭いたげようか？」

「自分でやる」

ここだけの話、クロードの裸はうれしい驚きだった。古めかしいフランス製のコーデュロイのズボン、おかまっぽいタートルネックセーター、カウボーイブーツ姿のクロードはよくいるロシア人スパイみたいに見えたけど、服脱いだらジャジャジャ〜ン、すらりとして引き締まった、わずかに筋肉質なランナーのボディが現れた。性器も含めて体のあらゆる部位がしっかりしていてちゃんと納まっていて魅力的ですらある。なめらかで力強いふくらみと曲線から目をそらせなかった。

「じろじろ見るなよ」

「じろじろ見てなんかいないわよ、ほれぼれしてんの。ほんとクロード、自分がどれほど魅力的か、てか少なくともこのあたしには魅力的か自覚したら、あたしの意見に左右されて自分を苦しめたりしなくなるんじゃないの」

やつはムカついたという音を一つ立てると、あたしを押しのけて通り過ぎた。あとについて寝室へ向かった。

「なんだよハリエット、つきまとうな」

「すごいよね、あんたの英語の熟達ぶり。ボキャブラリーが豊富なだけじゃなくて――どんなバカでも単語だけなら暗記できるからね――なんたって話すときいちいち考えないもん。ポンポン出てくる。これぞ言語習得。あたしの夢見るとき、英語それともフランス語？」

「コーヒー淹れてくれ。砂糖あり、ミルクなし」

「あらやだ、おバカさんね。ひいきのお客さんのコーヒーの好み、忘れるわけないじゃない」

あたしはガンガ・ディンのお役目を果たすべく、軽快な足取りでキッチンへ行った。

「はい、閣下」と、欠けたマグをほがらかに差し出す。

クロードが曲げ木の椅子に目をやった。「クリーニングしたシャツあるかな」

「シャツなんてどうでもいいじゃない。急いで身仕度してどうすんの？」

「三十分後には局に着かなくちゃならない」

「しょうもない仕事なんてちょっと忘れてさ。あたしが考えてることわかるでしょ、クロード。静かにベッドに横んなって、いっしょにくつろいで、自然の成り行きにまかせましょ」

あたしは、やつが自信喪失して赤面するのを眺めていた。

「自然なんかどうでもいいわよネ」急いでシナリオを訂正する。「あたしが自然の成り行きの役目をするから、ふんぞり返ってあたしがあんたのハーレムだって振りしてればいいわ」

やつは、あたしが愛情あふれる手でいちばん上の引き出しにしまったシミひとつないシャツを見つけた。

「最後の一枚だ。今日忘れずにシャツ頼んできてくれよ」

「ガンになっても忘れないわダーリン」

やつはカエル喉で咳払いした。「ついでにヴィレッジ・ヴォイス買ってきて」

「あのアカのクズ新聞？」

「賃貸物件の広告がたくさん載ってるんだ。昨日は邪険にするつもりなんてなかったんだよベイビー。もちろん賃貸物件なりシェア物件なり探すの手伝うし、金銭的にも協力するつもりだ。おれの給料が申し訳程度だってわかってるだろ？」とすかさず付け加える。「だれの面倒も見られない。だけど、おれたち平民のようにおまえが仕事するのもいいんじゃないか」レジスターみたいな、いかにもフランス人らしいやつの心が陰気な笑みになって顔に広がった。こいつの胸糞悪い効率のよさにア然として、声帯が麻痺した。

「今夜は早めに戻るよ」と言いながらシャツの袖に腕を通してなめらかな肩にかけ、ベッドであたしの横に腰を下ろした。「そしたらいっしょに広告で物件探そう」

やつは御自ら手を下ろしてソックスを見つけなさった。

あたしはやつの片手をつかみ、身支度するのを妨げようとした。やつは、服じゃなくて甲冑着けてあたしに触られないように身を守ろうとしてるみたいだった。

「もう一度だけチャンスくれない？　となりで横になるのも怖いの？」

「そのベッド見てみろよ」とやつがブーツに足を突っ込みながら話をそらした。「シーツ替えたのいつだ？」

「いますぐルームサービス呼ぶね。あんたが異常にきれい好きじゃなくなったら、もっといい時間過ごせるのに」

「仕事に遅れる。何度言えばいいんだよ」

「かっぱらうのが一回パーになるだけじゃん。あたしたちの関係を救うことのほうが重要じゃないの？」

「おまえがあたしたちの関係としつこく呼んでるものは終わったって、ゆうべはっきりさせたはずだ」

「どうして？」あたしは声を張り上げた。「どうして？　どうして？　どうしてなのか一つも理由おしえてもらってない」

「大騒ぎするなよハリエット。理由ははっきり示したじゃないか」

「ばかばかしい。鍋とかフライパンとか植物がどうたらって話だよね。あたしは掃除婦じゃない。あたしは官能的な女。お願いクロード、お願い。恍惚の高みにいざなってなんて頼んでるんじゃない。あんたの持ってる精力を総動員したって頼りないセックスにしかなんないけど、それでもあたしにとっては意味がある。クロード、出会った頃どんなふうだったかおぼえてる？　超ド級。あんたは高波そのものだった。確かにそういうめまぐるしいペースを維持すんのはあんたの得意技じゃないのかもしれないけど、あたしは気にしない。ほかの女たちとはちがうもの。極楽に連れてってとか言ってんじゃないんだからさクロード、抱きしめてほしいだけッ」

あたしの金切り声のこだまが消えたとき、部屋に圧倒的な沈黙が流れた。巨大ロックコンサートが一つの音で突如終わったみたいに。

「泣くなよハリエット」

「なんで？　いっしょにいる運命なのに、あたしに触られるのを急に怖がるなんて」

クロードは身支度を終え、あたしの片手を取るとしっかり握った。「ハリエット、そういう印象を与えてしまったんならあやまる、そんなつもりはないからね。別れることをきみのせいにする権利はなかった」

「別れる必要なんかないじゃない。別れるなんて聞きたくない」と泣き叫ぶ。

「きみはきれいで、知的で、繊細だ。おれたちは合わないだけなんだ」

「あんた、どこかのアホなあばずれと一生暮らすつもり？」

クロードはため息をついた。「ひとりになる必要があるんだよ」

「なんなの、その自滅的な絶望は。確かにあんた、ここ何週間かはファールーク王じゃなかったわよ。それってたいした悲劇じゃないって」

「ハリエット、おれは一人の女と付き合うタイプの男じゃない。わかるか？」

「ほとんどの女はわかるでしょうね、だけどあたしの場合はちがう」

「自由がほしいんだ。未熟なのかもしれないけど、女とは暮らせない。おれにとって女というのはごちそう、ごほうびだけど、自分の家にいてもらっちゃ困る。おれは生まれながらの独り者なんだろう」

「男はみんな生まれながらの独り者だけど、変わるのよ。変化が恐いからってあたしを押しのけないで。クラクラさせてほしいとか期待してないって何度言えばわかんの？　完璧なんて求めてない。あたしは我慢強くて、理解があって、寛容で、そしてこれがいちばん重要だけど、いつだってあんたに救いの手を差しのべようと待ってんの。思ってるほど変われなくても、あたしはありのままのあんたを愛してる」

「仕事に行かないと」とクロードがつぶやいた。「遅れる」

「いま言ったこと、よく考えてみるって約束してくれる？」

「おれのシャツの件おぼえててくれるか？」と人でなしが切り返し、それから自分の額をピシャリとたたいた。これで目を覚ましゃいいけどなとぼんやり期待した。「うわヤバい、今日、金曜だろ？」

「知らん。あたしゃ洗濯女で、宮廷の天文学者じゃないもんで」

「シャルルが、いま付き合ってるスチュワーデスと今夜ここへ食事に来る」

「は？　あんた、あの去勢男ここに呼んで、あたしが立ち退くのをざまあとか思いながら眺めさせてやるように手配したっての？」

「バカ言うなよ。あいつは十日間ワシントンに行ってたんだ。連絡のしようがないだろが」

クロードは、ここより行ったり来たりしやすいように設計されているリビングへ行った。

「いつそういうおぞましい約束したの？」

「おまえそのときいたじゃないか」

「あの化け物、なんでお呼ばれしつづけてんのよ、あたしを毛嫌いしてるくせに」

シャルル、そして、やつがクロードのとろんとした目の前で開催するミス・アメリカ・コンテストのことを考えるだけで不安になった。シャルルの目的は、応募者の中から、クロードができなかったこと、つまり、あたしのはらわたを抜く根性がある女を見つけること。

「あいつはおまえのことを嫌ってなんかいない。率直な態度を少しばかり怖がってるだけだ」

「ふん、忘れてた、嫌うことは流行遅れだもんね。なんでもかんでも恐怖。ヒトラーは二十世紀でいちばんビビッてた男として歴史に残るでしょうよ」

「やってられない」とクロードが言って、おかまっぽい手首につけた深海ダイビング用の腕時計を見た。「どうにか連絡つけて取りやめにする」

「呼び鈴鳴っても返事しなきゃいいんじゃない？」

クロードはあきれかえったようだった。あたしのボーイフレンドにとっては体裁を保つことがものすごく重要なんだろうと直観的に察した。やつが保てるのはそれだけだから。その直観とともに、やつのうわべだけの人生に心を込めて関与してあげようという気のきいた考えが浮かんだ。

「やあねアナタ、悪いようにはしないって。冷製チキンと冷製ローストビーフと刻んだレバーと酢漬けのニシン仕入れてくる。楽しいよ、きっと。あたしふざけたりするけど、あんたの友だちもてなすのが大好きだって知ってるでしょ」

クロードがリビングをとくと眺めた。

「いや」となかば自分に向かって言う。「ここで人をもてなすのは無理だ」

「バカ言わないで。この場所、頭のてっぺんから足の先までゴシゴシ洗うつもり。キッチンなんてピッカピカにしちゃうから、そこでシャルルのやつ、堕胎手術できたりして」

クロードが玄関のドアを開けた。ビジネスの世界はここにも増して暑かった。

「あとで電話する」とやつが陰気に言う。

「必ずピカピカにしとくから。冷えたおいしい白ワインたくさん買ってきて」と悪臭のする階段を見下ろして呼びかけた。

ひとりになると、エアコンをつけた。妙に活気づいた。どこまでも楽天的な性格ゆえ、すでにこの難局を勝利に変える計画を立てていた。これは、おべんちゃらを言い愛想を振りまくあたしの能力の高さを披露する絶好のチャンス、言ってみれば挑戦である。ミートローフを手作りすることにした。

4

外に出たとたん、ミートローフはボツだとわかった。こんな天気のときに料理するのはビョークの殉教者くらいのもんだろう。汚らしい通りでは、熱が目に見えないカラシ軟膏みたいにジュージューいっていた。煮たバナナの皮にピザと卵の殻を添えたものがお好みなら、ドブにごちそうがある。酔っ払った浮浪者が大勢たむろして、ゴワゴワした毛織りのシャツを着たヒッピーどもと五セント玉を取り合い、伝染病の予行演習をしている。あたしは無防備な息を止め足を引きずりながらブレッカー・ストリートへ向かい、A&Pの保護してくれる腕の中におさまった。そこは凍えるほど寒かった。口ひげを生やした店員に薄切りの冷肉どこに隠してんだと訊いてみたが、当然その相手はひと言も英語を話さなかった。「冷肉」と、やつのキチガイじみた顔に向かってどなった。やつは、レジのカウンターの下にもぐり込んで手早く一発ヤろうと誘われたとでもいうようにうれしそうに笑った。

足首めがけてバックしてくるように設計されたカートを押しながら通路を行ったり来たりし

ているうちに、ドぎついオレンジ色のバーベキューチキンのかたまり二つ、コールスローが入った容器一つ、チョコチップアイスクリーム一リットルという流れからインスピレーションが湧き、続いてフランス人のコース料理中毒を思い出しピクルスの大瓶を一つ追加、そんでお食事のご用意ができましたマダム。会計は十二ドル、タバコを一箱買っても、カートにヤシの芽とノヴァスコシア産スモークサーモンを積んでも、それがあたしの定額料金。関税を支払い、犬のおしっこがたまったところにバシャバシャ入りつ出つつモートン・ストリートへ戻った。ニューヨークの犬についてひと言述べてから沈黙を守るとしよう。犬どもはやつらのおかまボーイフレンドを刺激し、そいつらが最も誇りとしているおかま生殖器を食いちぎるべき。

ごちそうの包みを破らないうちに呼び鈴が鳴った。あたしを崇拝する浅黒い店員が家までつけてきたのか？　のぞき穴から見ると、ガチャガチャやかましいわが親友マキシーンの姿があった。

「待ちな」とどなりつける。敵対的に監視する女たちの前では、あたしはひたすら慎ましいから。シルクのキモノをはおり、ドアを開けた。

「ハリエット」彼女の盗難警報器が鳴りやんだ。「いてくれてほんとによかった。暑くて死にそう。あなた元気そうね！」

彼女も元気そうだった。よだれを垂らす旅行者の護衛隊がこいつを追いまわしていないか確かめようと、玄関口をチェックした。ひも付きのプラットフォームシューズには、それを売ってマンハッタンを購入できるほどのラインストーンがついていた。

「早く入ってよ」とあたし。「そんなかっこして人前で歩きまわるなんて、いい度胸だわね」ユダヤ人で母親で女房のマキシーンは、白いシャリ感のあるシルク生地のぴっちりしたローライズと戦っていた。殺戮が行なわれているその上方、メッシュのポロシャツから透けて見えるのは、ユダヤ教徒向けデリカテッセン。

「やあねえ」マキシーンはしわがれた笑い声に切り替えた。ピーター・ユスチノフより訛りがひどいが、みぞおちにパンチを食らわさなければ本物は聞けない。「ハタ・ヨガの教室に行ってきたところなの。この暑さじゃ狂気の沙汰。でもね、これでもインド人には寒いのよ。先生、今日わたしのことすごくほめてくださった。背骨は五歳児に引けを取らないって。だけどもうクタクタ」

彼女が発育不良の背骨を籐の肘掛け椅子にドサッと落とすと、ずんぐりした両脚が床から離れた。

「熱で唇がしなびちゃったわ」あたしは、彼女が大西洋沿岸に大々的な油膜を張れるほど分厚くグリースを塗った唇にリップグロスを重ね塗りするのを眺めていた。

「あなたラッキーよね、肌がとってもきれいで」と彼女はつぶやいたが金のコンパクトから目を上げなかったから、あたしたちのどっちがそんなにラッキーなのかわかりかねた。目を上げる。「シワ一本、シミ一つないもの。なに使ってるの？」

「精液」お世辞で始まり、ぜひ整形手術するよう考えてみてという口説きで終わるこいつの美容CMに引き込まれてたまるか。

「まったくもう」マキシーンはクスクス笑って小型ケースにまた首を突っ込み、小さなピンク色の箱を手に顔を出した。「効果抜群の保湿液を持ってきてあげたわ。目の下のその黒いたるみ、三週間以内に消えるって保証する」

「どれだけここにいるつもり？　やることたくさんあるんだけど」

「汗が引くまで」と彼女は言うと、キングサイズのクールを一箱コーヒーテーブルに置き、デュポンの金のライターで手際よくタバコに火をつけた。先のとがった小さな指を結婚指輪が締めつけている。西半球で最も魅力的な既婚女性。

マキシーンは、ブルックリンでいっしょに縄跳びしていた頃からずっと、互いを侮辱できるのは愛があるからこそだと思い込んでいた。マキシーンがあたしと関わりを持ちつづけたい本当の理由その一――自分はこのあたしじゃなくて、自宅に十一室あって結婚相手がいるすばらしい自分であることを幸いと感じるため。その二――クロードのセックスに関する話を聞くため。この割礼を受けていない名前を口にするだけでめちゃくちゃおもしろいらしい。こういう楽しみを享受する目的で、わたしたちは長い付き合いで感情的につながっているとか、クドクド繰り返してるわけだ。

「ご両親、お元気？」マキシーンはそう訊くのを忘れない。

「生きてる」退屈な儀式を極力減らそうとしてそう返事した。

なんにしたってそれしか情報はなかった。ゴージャス・ジョージと彼のトレーナーはリングから引退していたが、ロサンゼルスのキャンプ地からいっさいインタビューに応じなかった。電話するたび、朝の六時だろうと夜の十時だろうと、はたまた夕方四時だろうと、あたしがかけた電話は両親のうたた寝トーナメントの妨げになった。

「もしもし、母さん」と、数十回呼び出し音を鳴らしたあとで呼びかける。「娘のハリエットでございます」

長距離電話をクイズ番組にする必要はないからね。

「ハリエット？」母親が水面に浮上しようともがいているのが伝わってくる。

「母さん、元気？」

「元気元気、こっちはいい天気。ちょっとうたた寝してたところなの」

「父さん元気？」

「起こさないといけない？」とあたしを心配させる。「あの人、一晩中一睡もしなかったの。わたし眠らせてもらえなかったからわかるんだけど」

「よろしく言っといて」

「そう」と母親はうめき、また夢の国に沈んでいく。「電話くれたって知ったらがっかりするでしょうねえ」

「ご両親、カリフォルニアがお好き?」マキシーンは、バラ色の顔に誠実さを浮かべて歪めつつ、礼儀正しく審問を続行した。

「どんな答えがほしいの? あいつらが知ってることとか、好き嫌いとか? 眠ってないときは、カリフォルニアにありますって不動産屋におしえられたキッチンにすわってる。その気になったら、心中する約束にサインするだろね」

「あなたはそんなふうに話すけど」と、不気味なほど鋭いユダヤ人読心術師が言う。「ほんとは恋しいんでしょ」

「うん。淋病が恋しいみたいにね」

マキシーンはショックを受けた様子だった。彼女が頂点に登り詰め、〝専門職の男性〟と結婚した日から、あたしたちの互いの両親は嘘みたいに聖なる存在となった。彼女の母親のフォーマイカのダイネットテーブルを囲んで二十年間行なわれたポーカーの博打はなかったことにしよう。歯周病治療専門医の妻にふさわしくないあらゆることをなかったことにしよう。あたしが自分の記憶装置の中につくるよう頼まれた主要な消去部分の一つは、マキシーンがご近所の色情狂だったという面白い事実だった。四歳から、食べかけのトゥッツィーロールだろうがもらえるならだれとでもヤッた。成長して成人尻軽になると、あたしの実家の居間でセックス狂の群れとワルツを踊った。彼女が自宅と呼ぶカジノは秘密の逢い引きに適しているとは言えなかったから。結婚してようやく彼女はセックスから解放された。社会への負債は支払われた。いま、彼女の過去はなかったことにされ、ファイルは引き抜かれ、記録は跡形もなく消されねばならない。彼女が新婚旅行から戻ってきた日、ツケではちきれそうになっているのを見た。

「おバカさんよね」彼女が無邪気にクスクス笑った。「ジェリーったらすごく嫉妬深くて、わたしが男を見ただけでキレるのよ」それはまちがいなく、彼女が男の息づかいを感知できるということだ。

「ま、到底ジェリーを責めらんないよね」とあたしは真顔で言った。「その人、あんたが若いときにフェラった相手なんじゃないの」

「このあたしが男の子たちとバカやってたって言いたいの？」

あたしにズバリ言われるのが嫌でマキシーンがあたしから離れてくれた三年間は、すがすがしい日々だった。あたしがヨーロッパから戻ってきたとき八年を貞操帯の下にしまい込んでいた彼女は、また交友関係を取り戻そうという情け深い衝動を感じたのだった。ただしこの衝動に、あたしがジェリー医師と交流することは含まれなかった。あたしは、彼が最新のスポーツ用品のモデルをしている写真で満足しなくちゃならなかった。写真が示す証拠から、彼女が彼を鶏の脂の血友病患者に変えたことがわかった。髭を剃っているとき引っかいたりすれば血が噴き出して、こっちはリサイクル不可のプラスチック容器を持たされるはめになるだろうという印象だった。控えめに言っても、彼はテレビのシリーズでロレッタ・ヤングの歯に金冠かぶせるイケメン歯科医の役を割り当てようと思うスターではなかった。

「ジェリー元気？」と尋ねたとたん、こういうしょうもない言葉を口にするようマキシーンに催眠術をかけられていたんじゃないかと思った。

こいつ、言う体勢整えてたんだ！

「彼ってステキなの、とってもステキなの。あれほどステキな夫、わたしにはもったいない。あなたにもそういう出会いがあってほしいわハリエット、わたしの願いはそれだけ。わたしのノートンの誕生日に、彼、なにくれたと思う？」わたしのノートンとは、六歳になる鼻中隔湾曲症のことだった。

あたしは彼女のクイズごっこが大好きだ。

「子宮摘出？」でもいつもとちがって彼女は注意を払わなかった。視線がウォークイン・クローゼットのほうへ移っていった。

「はずれ」

「ヴァギナのオーガズム？」果敢に試してみる。

「まったくもう」今度はあたしの言うことが耳に入ったらしく、指輪をはめた指でお上品に灰を落とした。

「焦げ茶色の長さ三十センチのバイブ？」チャレンジするのが楽しくなってきた。

「セックスのことしか頭にないの？　彼、化粧室にサウナをつくってくれたのよ」と、あたしが歓喜のあまり発作起こして床に倒れ込むことはないと察してあっさり言った。

彼女は反応を待ったが、あたしが目を見開いたまま昏睡状態に陥ったのが明らかになってくると、賭け金を上げた。

「それと、毎朝九時にフェリシア・バーンスタイン御用達の女性マッサージ師が来るように手配してくれたの」

「ほおお〜、だれかが朝九時にここへ来るようなことがあったら、不自然な行為してるってことでクロードは逮捕されるだろうね」

彼女は息を呑んだ。わが友人は、本人がはにかみつつ語ったところによると、クロードに首ったけ。彼はユダヤ人の夫ではなかったから、自分に襲いかかって犯しまくらずにいるのはあたしが抜け目なく見張っているからだと彼女はわかっていた。マキシーンは閉まっている寝室のドアを見つめた。その下からドロッとしたものがしみ出してくるんじゃないかと思っているかのように。

　マキシーンは悲痛な問題を抱えていて、二人で少女っぽく親密におしゃべりしているときそれを打ち明けた。問題とは、ノートンを産んだために身体が壊れかけてしまったこと、そして、自分独自のシステムに合う避妊方法が市場にないこと。ピルを飲む？　あなたもしかして、わたしに自殺しろって言ってるの？　そのせいで彼女は偏頭痛に悩み、医療ではどうにもならなかった。大当たりになるたびペッサリーが飛び出した。それはいつものことで、彼女の豊富な体液のせいであり、ジェリーが用いるどんな避妊具でも同じことだった。避妊リングと聞いただけで彼女はロシア皇太子みたいに出血したが、それをこっそりつけていると、ジェリーは天使のように理解してくれた。この悲劇的に妊娠しやすい女のための最終的な解決策は、彼女の側は性生活を頭の中で営み、ジェリーの側は自分の患者が血を流す歯茎の中で営むことしかないだろう。

　そんな考えに耽っていると、彼女が水をくれと言って邪魔をした。あたしがキッチンにいると、彼女は慎ましい注文に氷を追加し、あたしがアーサー王の剣のように冷凍庫に密着している製氷皿と格闘するのを見物しに来た。

「ジェリーがとってもすばらしい冷蔵庫を買ってくれたの」と彼女がぼんやり言う。「かわいらしい小さな氷をつくって、プラスチックのカゴに落としてくれるのよ」

「今度押しかけてくるときはそれ持ってきて」水滴が落ちるコップを手渡すと、彼女は濡れた部分が正真正銘の粘液だというふうにそれを持ち、お上品にすすりながら最近のトラブルについて語った。

「ほんとにうんざり。ダイエットしてるでしょ、一日にコップ八杯から十杯の水を飲まなくちゃならなくて。破裂しそう、でも、来週の金曜までに五キロやせなくちゃ。この方法、魔法みたいにうまくいくらしいの。あなたもやってみなさいよハリエット。五キロ減ったらちょうどいいんじゃないかしら。もちろんわたしみたいに、魅力的でいなくちゃならないっていうプレッシャーも社会的責任もあなたにはないけれど。クロードがそのままのあなたがいいっていうなら、しばらくはそれでいいのかもしれないわね。でもわたしの場合は次々招待されてしまうし。来週はレニー。ジェリーがいなかったら、レニーは一本も歯がないわけ。それで週末にどうしても彼のヨットで過ごしてくれって頼まれちゃって。それにレニーは、いつもステキな人たちに囲まれているの、黒人白人両方で、うれしいことに有名人限定。レニーのヨットでは競争が激しいでしょうねえ。いま着ている物以外に着る物がなにもないの、サイズが合うのが。クロードとはどう?」彼女はしゃべり終えたから、自己陶酔してやがると思っちゃならないんだろう。

「すごいじゃん、あんたの人生の野望ってのが、ひとり淫売屋になるってことなら」

「ひどいわよね」と、マキシーンが散らかった部屋のあちこちに目をやる。「あの人たちはそれしか考えていない。あたしのジェリーには責められるし」

彼女のジェリー、セントラルパーク・ウエストの絶倫幽霊。

「もちろんあなたの場合はひとつのことにかまけていればいいけれど、わたしは使用人たちを管理しなくちゃならないし、ディナーパーティーを準備しなくちゃならないし、ノートンに住み込みのベビーシッターに精神分析医にヨガにグループセラピーでしょ、そして今度はマッサージ師」

あたしは彼女が同情してくれるのをありがたく受け入れた。「そのとおり。クロードとの生活って、休みなしの肉欲だもん」

マキシーンは理解した。水が入ったコップをコーヒーテーブルに置き、両手で円を描きながら優勝杯みたいな自分のおケツをなでた。

「あなたといる時間がもうほとんどない、そのことが気がかりなんじゃないかしら。彼、アメリカにはあとどれくらいいられるの?」入国管理局の局長だってこれほど関知しなかっただろう。

「できればさマキシーン、あいつが出発するまでにはここから出てってよね。そろそろ帰宅して、ジェリーのお道具をきれいにしてあげる時間じゃないの?」

マキシーンが、数本の金のブレスレットに囲まれた金のバンドにはめ込まれた金の時計を見た。

「あともう少し。レジーナが帰宅する頃に立ち寄って会いたいの。あなたたち、仲直りした？」

「だれよそれ」とあたしは詰め寄った。彼女がになうあらゆる偽善的な役割の中でもいちばん忌々しいのは、調停者としてのマキシーンだったから。あたしとローダ＝レジーナとのあいだをあわただしく行き来して、一方がどれほどしょうもないかもう一方に報告する。セントラルパーク・ウエストの邸宅からこの借家を訪れる際は、エリザベス女王がウガンダの病院を見てまわるのと同じことをやる。

「とぼけるのはよしなさいよ」と、彼女は歯周病専門医夫人にふさわしくほほ笑んだ。

「昔の友だちのローダのこと言ってんだったら、仲直りしてないよ。それと、二十五年間相手をローダって呼んだあとじゃ、レジーナに切り換えるなんて至難の業だわね」

「彼女が喜ぶならそうしてあげればいいじゃない」マキシーンが、ゾッとするほど正確にあたしの母親の口調をまねて唱えた。

「彼女があたしヴァン・ジョンソンですってことにしたらどうすんの？　あんたそれには備えてんの？」

すでにあたしの神経系をダシにして楽しんでいたマキシーンは、ウキウキしていた。

「彼女めざましく進歩したわ。また彫刻はじめたの。グリニッジハウスの仕事にも戻ったし、シドニーともどもよく適応してるみたいよ」あたしは自分がR．＝R．の状況診断結果に耳を傾けていることに驚いた。

「すごいじゃない。いまだに百キロで体重計ひっくり返してんの？」

「彼女太ってないわよハリエット。骨格がしっかりしてるだけ」と、満足げな小人が言い切った。「ともかく、彼女にあやまって自分はこういうつもりだったと説明したら、喜んで許してくれるわよ。だって、生涯続くはずの友情を簡単に放り投げたりはしないもの」

「したよ、あいつ」とにこりともせず言ってやった。「そのことは話したくない。あたしが心底彼女のためを思ってたってこともわかんないほどビョーキなら、仲よくしてもらわなくてけっこう」

「フェアじゃないわ」マキシーンの輝く茶色いくりくりお目々は、ユダヤ人的英知にあふれていた。「どんな人だって精神的に不安定になるわよ、熟睡して目を覚ましたら見たこともない黒人がベッドにいたら」偉大なるリベラルはいま、物書き、上院議員、歌手、ドアマンを含むあらゆる者たちを黒人と呼んでいた。

あたしとローダ＝レジーナとのことなら少なくとも千回は話し合ったのに、頭の発達が背骨と同程度のマキシーンは何度聞いても聞き足りない。崇高なる至福の表情が、まんまる顔に張りついた。こっちはまたお決まりの話に付き合わされるつもりなんかなかった。だれかが人道的使命を帯びて、理由も知らされずに、ローダ＝レジーナの引きつり、痙攣、喘息、まばたき、どもりと共存しなくちゃならなかったわけだが、あたしが奇跡的に彼女の苦悶をやわらげる男を世話してやったっていう話。

「マルチェロ・マストロヤンニを手配できなくて残念だったけど、彼、あの晩はカトリーヌ・ドヌーヴを孕ませるのに忙しかったからね」

「でも彼女は熟睡してたわ」

「起きてるローダはヤレないもん。それしかもう話すことがないんなら、帰ってもらってかまわないんだけど」

マキシーンは、18金のライターをカチッと鳴らしてまたタバコに火をつけた。

「そのことは話さないことにしましょ」とすぐに同意した。「でもひとことだけ言わせて。あなたはレジーナに対してフェアじゃないと思うわ。だって、あなたが一文無しで住むところもなかったときに引き受けてくれたのは彼女だもの。忘れただろうけれど、あなたアメリカに戻ったとき、骸骨が呼吸してるみたいだったのよ。彼女は本当の友だちのようにお世話してくれたじゃないの」

マキシーンのずんぐりしたフニャフニャの体にリップグロスを塗りたくったら、焼却炉に落とせるんじゃないかと思った。

「そのとおり」とあたしは苦々しく言った。「確かにあいつは口先だけのあんたよりいい友だちだったな」

「ジェリーの机に積み上がっている未払いの請求書を見たら、わたしたちがお金を渡せない理由がわかるわよ」

「あたしから数ドルくすねようと思ってここに来たの？」

それを聞いて彼女は口をつぐんだが、それもほんの一瞬だった。

「あなたとは会話ができない」

「ちゃんとできてるよ、あんた」とおしえてやる。「で、申しわけないんだけど、夕食に客が来ることになってんのよ」

西洋一の怠惰なヨガ実践者マキシーンは、籐の肘掛け椅子から動こうとしなかった。あたしは食料品を袋から出そうと、彼女を置いてキッチンへ向かった。突き刺すような最低音域《コントラルト》の声だけがついてきた。

「あなたは信じないだろうけれど、ローダ＝レジーナはあなたの敵じゃない。それどころか、あなたのことを心配してたわ。疲れ切っていたのか外へ出るのが怖かったのか、来る日も来る日も彼女のアトリエのマットレスに横になってたでしょ、あなた。ヨーロッパでなにか厭な目にあったんじゃないかと彼女もあたしも思ってるの。でもあなたってすごく神経質で怒りっぽいから、訊いたりしたら食ってかかられる気がして」

あたしはリビングに戻り、彼女のクールを一本頂戴した。

「フランスでなにがあったの？」マキシーンが熱心に体を乗り出した。

「自分がフランス人じゃないってことがわかった」

「ちがう、そうじゃなくて、こんなふうに戻ってきたのはなにかあったからだわ。男？」

「マキシーン、あたしが単核症（別名キス病。主に唾液で感染する）にかかったの知ってるよね」

マキシーンは、その良き結婚生活者の手で病をはねつけた。「わたしのかかりつけのお医者様がおっしゃるには、単核症は精神的なものなんですって」

「あんたが精神科医の口上やり出すってんなら、警察に通報してここから追い出してもらうからね」

「ほうら」と彼女が勝ち誇ったように言った。「耳を貸さないのよねハリエット、わたしはあなたとはだれよりも長い付き合いで、たぶんたった一人の友だちなのに。このままじゃだめ。お医者様に診てもらいなさい。わたしのかかりつけを紹介してもいいけれど、正直、彼を共有したくない。独占欲が強くて子どもっぽいのはわかってるの。もう何か月もあなたとそのことは検討してきたわよね」

「約束する、あんたからその人奪ったりしない」

「でもハリエット、あなたの振る舞いってまともじゃないわ。しょっちゅう腹を立ててるし、すごく無礼だし、すごく不愉快。わたしはあなたのことよく知っているから許してあげられるけれど、クロードがどうして我慢できるのかほんとわからない。ここはいつも竜巻に襲われたみたいな状態だし」

「あたしもあいつがいなくたって生きていけるけどね」

「あなたとクロード、なにかおかしい」彼女は、バーナード医師がヨレヨレのドナーに脈打つ心臓を見つけたときのような熱意をもってその可能性を口にした。

別れた場合の最悪な点の一つは、マキシーンをタダで喜ばせてしまうことだと気がついた。入場料くらい請求しないと。

「ハリエット、ハリエット」と彼女が嘆いた。「助けを求めなくちゃ。こんなふうに生きていくことなんてできないわ、友だち、恋人、家族、だれもかれも遠ざけて。この社会で女が完全に孤立して生き延びることなんてできはしない。ひとりきりで、愛されず。そしてすべての、あなたのすべての問題の源は、自分自身を愛していないということ。はっきりしてる。どれだけ自分を顧みないでいるか見てごらんなさい。つらくなっちゃう。自己嫌悪そのものじゃないの。自分のことが愛せないなら、だれが愛してくれるっていうの？　お手入れなさいな」

彼女はざっとあたしを見ると、宇宙について美容面から見解を述べはじめた。

「髪に少し濃淡をつけるといいわね。前髪にハイライトを入れると、その冴えない表情が明るくなるから。マニキュアを塗って。体重を減らして。まともな服を数着買って。背が高いのが残念ね、そうじゃなきゃわたしのお古をあげるのに。高級感を漂わせて歩きまわるのよ。魅力的になりなさい、そうすればクロードはあなたといっしょのところを見られるのが誇らしいと思うから。手遅れじゃない。どんな関係にも難しい時期があるものよ。あなたきっと驚くわ、乗り越えられないほどの障害をジェリーとわたしが克服したことを聞いたら。わたしたちには覚悟があった、いっしょにそれに挑んだ、だから乗り越えられたの」

マキシーンの嫌がらせに注意深く耳を傾けていることに気づいたときのあたしの驚きを想像してほしい。

性悪女はあたしが傾聴していることを嗅ぎつけた。「ほかに女ができたの？」と息せき切って詰め寄ってくる。発育不良の背骨の先に尻尾がついていたなら、ピキーンと上を向いていただろう。あたしの人生は、マキシーンが聞き出したくてたまんないしょうもない昼メロだってか。

「一日に五秒でいいからバカやんないでいられない？」

「だから、クロードとどうなってるの？　あなたと結婚してパリに連れ帰るつもりじゃないの？」

　この地球上でイラつくことが一つあるとすれば、それは、ずんぐりむっくりの不感症の元色情狂に、あたしが結婚という至福に飢えて舌を垂らしていると思われることだ。言うまでもなく、ジェリーとマキシーンは申し分なくお似合いでうっとりするほど幸せなわけだが、二人は結婚式からグループセラピーに直行し、観客の前で罵倒し合うという特権のために最高価格を支払った。

「約束するからマキシーン、だからこの首脳会談休止することにしよう。あんたがジェリーを嫌ってるのと同じくらいあたしが嫌ってるだれかと結婚するって決める日には、その一、あんたが第一報を受け取る、その二、あたしは専門家の助けを乞う」

　マキシーンは察してあたしをそっとしておいてくれたか？　だめだった。エラそうに知ったかぶりしてそこにすわっていた。「あのね、それこそがあなたの病なの。だれもが自分の人生を嫌悪しているものと思ってる。それはまちがい。わたしはジェリーを嫌ってなんかいない。愛してる。彼が部屋に入ってくるときドキドキしなくても、あの人といられて幸せ。彼の献身と善意に感謝してる。子どもと家庭を愛してる」

「大変失礼ですけれど、もしその愛、麗しき愛があんたをトチ狂ったオネエみたいに通りを練り歩かせているんなら、もしその幸せが飢えた野良猫みたいにここを嗅ぎまわらせているんなら、憎まれて苦しんだほうがマシ」

ヤッタね。伝わった。あたしの舌はまだ生きている。マキシーンは背筋を伸ばして腹を引っ込め、貴婦人全開で迫ってきた。

「あなた絶望的よ、防戦一方で。恐れていたよりビョーキだわ。グループから追い出さなきゃいけなくなった娘を思い出す。あの子、本当のことを言われると、追いつめられて吠えまくる獣みたいになったっけ」

「あたしたちはそれをやってるってわけか。グループセラピーの見本をさ。『ジョニー・カーソン・ショー』の録画してるんだと思った。出てけ。さっさとローダに伝えなよ、あの女は絶望的だって。このインタビューの言葉を一つでも忘れないうちに」

マキシーンは、ビニールのポーチからあふれ出していた大量のゴミを無言で詰め直しにかかった。あたしは最後通牒を突きつけたことで、ささやかだがそれなりに満足した気になったが、むろん幸運の女神はあたしという存在を無視するために大金をもらっている。電話が鳴った。侵入者を追い払うには、喉元に致命的な空手チョップをお見舞いしなければならなかっただろう。

クロードからだった。保護観察官に報告しているような口調。

「ハリエットか？」

「ダーリン、電話待ってたのよ」

マキシーンが、派手にマルセル・マルソーモードに突入し、よろしく伝えろとやっていた。

「今夜の予定は変更になった」とやつが言う。

「え〜なによそれ、小作人みたいに一日中料理したり掃除したり買い物したりしてたのに。じゃあダーリン、二人だけで静かに楽しくお夕飯食べましょ」

「最後まで聞けよ」とかみつく。

「ちゃんと聞いてるわよん、アナタ」

「シャルルに連絡がついたから、みんなとラ・ボン・フェムで早めの夕食を摂ることにした」

「ギョえ〜」とあたし。山の手のおかまレストラン一般に対して抱いている嫌悪感は恐怖症も同然だから。

「ハリエット、おれだけ彼らと夕食摂って早めに帰宅するほうがいいんじゃないかと考えてたんだ」

リビングに敵対的なスパイが鎮座していなかったら、はっきりと異議を唱えられただろう。マキシーンは小型ケースから逆毛を立てる金属の櫛を取り出すと、メッシュ入れたもじゃもじゃの髪をがちゃがちゃにした。大勢の雇い兵に襲いかかられたんだから、さらにトルコ人もう一人に襲われたところでビビりませんみたいな。

「やあねえ」とあたしが陽気に言った。「ごいっしょしたいわん」

電話線の向こうで長々と沈黙が流れた。

「クロード、もしもし？」

「まだいる」

「よかったァ」

「今夜は来ないほうがいいと思う」

「ダーリン、喜んでボン・フェムへ行くわ、約束する」

「くっそォ。シャルルとガールフレンドの前でちゃんと振る舞うか？」

「ぜひ彼女にお会いしたいわ。なにがあっても絶対に。何時って言った？」

またもやものすごい沈黙。マキシーンはまちがいなくそのしなやかな背骨をうずうずさせながら、椅子にすわったまま身を乗り出していたはずだ。

「七時」とやつがようやく言った。「でも騒ぎを起こすなら……」

「そこって、ゴージャスなチーズの盛り合わせに割れたクラッカーつけて出すとこよね？」

今回は、沈黙で混乱させられることはなかった。やつがバシッと受話器を置いたから。

もう掃除婦の業務をこなさなくてもよくなったから、ソファにドサッとすわり、マルボロに火をつけた。

マキシーンの表情から、彼女はあたしを許すことにしたんだとわかった。プライドが彼女の愉しみを阻害したと言ってはならない。

「あ～あ」とあたし。「ジェリーがあたしの歯茎にノボカイン注射して、今晩この顔笑ったままにしといてくんないかなあ」

「どうしてクロードによろしくって伝えてくれなかったの？」座り込み抗議真っ最中の女がふくれた。

「頼むからさマキシーン、一秒でいいから自分のことばっかし考えんのやめてくんない？」あたしはというと、なにを着ていこうかすでに迷っていた。自宅でもてなすなら、裸足にサフラン色のビルマの礼拝用ローブでばっちりキメられるんだけど、敵対的なおかまの一団の前に姿を見せるとなると、シンデレラのフェアリー・ゴッドマザーもためらっちゃったかもね。

「クロードとうまくいってないの？」

驚いたことに、憤って目に涙があふれ喉に詰まり、返事ができなかった。客人は籐椅子から空中浮揚し、あたしの傍らに着地した。

「おしえてハリエット。力になるから。わかるのよ、あなたが苦しんでるって」

「お願いマキシーン、出てって」

「彼、あなたを追い出したいのよね」と彼女はおぞましいほど的確に告げた。「あなたはクロードに拾われたときと同じメチャクチャな状態に戻ってしまうのよ。ハリエット、ハリエット」とうめく。母親が実行した数知れない陰謀が心をよぎった。その中でもあたしをハリエットと名づけたのは最も忌まわしい陰謀だ。

「あなたがこんなふうに人生を台なしにするのをただ見ているわけにはいかない。こういう関係を続けてこれ以上年月を無駄にしちゃだめ。もうすぐ三十路よ。あなたこの先どうなっちゃうのかしら」

すると一瞬、老いて白髪になった自分がブルーミングデールズの化粧室でペーパータオルを補充しているという悪夢が頭をかすめた。

「あなたはわたしのように妻や母親になるべく生まれついたわけじゃないし、レジーナともちがう。彼女は芸術家で教師。自分の面倒は自分で見られる。でもあなたは？　なにができるの？　なにがほしいの？　人生でなにかを求めなくてはだめよ」

「あたしを拷問にかけんのはやめてマキシーン、帰って」

「わたしはあなたの友だちよハリエット。お願い」と両手を固く握り合わせる。ユダヤ巨乳がこっちに向かって突き出していなかったら、彼女をデボラ・カーとまちがえたかもしれない。

「お願いだから、分析医とかクリニックとかグループセラピーに行って助けてもらって。手遅れにならないうちに。なにかずっと続くもの、なにか実体のあるものを手にするチャンスを逃さないうちに。女性には安定した生活が必要よ。家、居場所。結婚すべきとは言わないわ。もっともあなた、クロードに結婚を申し込まれたら即座にオーケーするでしょうけど。ともかくどこかから手を差しのべてもらわないと、あなただめになっちゃう」

「あたしがクロードと結婚？　あんた頭おかしいの？」金切り声を上げた。「あんたもクロードも結婚のことしか考えてない」

「彼から結婚を申し込まれたなんて言おうとしないでね。彼はあなたの過去を知っている。男から男へと手渡されたという事実を知っているんだから、彼も同じことをするだけ。自分のことを気にかけないあなたを彼が心配する必要はないでしょう？　クロードはいつか結婚するだろうけれど、相手はあなたじゃない。ちゃんとした相手を見つけて、ちゃんとした家庭を築くはず。わたし、クロードが求めていることはちゃんとわかっているの」

　こいつのおぞましい嫉妬にはもううんざりだ。

「マキシーン、あんたにここでうろちょろされてクロードがどうのとグダグダやられんのにはほとほとうんざりしてんのよ。あたしは、あんたが文句垂れまくってるあの吐き気もよおすデブとあんたを無理矢理結婚させたりしなかった。不満なら離婚しなよ。でも、クロードのためにそうしないよう忠告しとく。あたしは病的なほど人を傷つけるような真似はできないけど、クロードがあんたのことどう思ってるかきっちりおしえてあげる。あんたがそのドでかいおっぱいであいつを窒息させたあと、あたし人工呼吸させられるはめになったんだよね。彼女はあたしの友だちだから礼儀正しくしてって、何度もやつに念押さなくちゃならなかった。そんなことするなんてあたしまちがってた、あんたが生まれたとき持ってたささやかな正気をあんたの妄想が食い荒らしてるんだから」

マキシーンのデブヅラから脳天気さが消えていくのを見て満足した。それで思い起こしたのはジョーン・フォンテイン。気が狂った女房に会わせようとロチェスターに塔へ連れていかれるシーン。マキシーンはラインストーンをあしらったプラットフォームシューズの上で背筋をピンと伸ばしたが、腹は立てまいとした。あたしを許しつづけた。こいつの頭に釘を打ち込んでやったら、この寛容の表情が理解ある顔全体に塗りつけられたままになるんじゃないか。

「手遅れになる前に、あなたが自分に欠けている部分を見つけられるように願っているわ」

「そりゃどうも。そんなことしてくれないように願ってます。それか、あんたがご自宅の屋根に登ってセントラルパーク・ウエスト初のトップレス大量殺人者になってくれるよう願ってます」

すると彼女はステキな約束をしてくれた。「レニーのヨットから戻ったら、すぐに電話して報告するわね」

「あんたがしつこく言ってるそのレニーってだれなのよ」

張り裂けそうなローライズの後ろでバシッとドアを閉めようとしたとき、嫉妬深い鬼ババアがコーヒーテーブルに置いていったモイスチャライザーの鮮やかなピンク色の箱が目に止まった。急いでそれを手に取ると、廊下に駆け出し、階段を降りていくピグミーめがけて毒入り瓶を投げつけた。

5

刺激的なプライバシー侵害の直後だから、あたしがどれほどクロードとその一味の会食に加わりたかったか察してもらえると思う。マキシーンの人生唯一のスリルが、本音で語り合って犠牲者を弱らせ息も絶え絶えにさせることだと知りつつも、あたしは礼儀正しく彼女を招き入れてやり、さらには彼女がローダ＝レジーナの自宅に直行して引き続き完璧な午後を過ごせるよう取り計らってやった。床板に耳を押しつけたら、マキシーンがR.＝R.に、あたしがクロードと不仲になる直前だと伝えてR.＝R.の苦悶をやわらげてやっているのが聞こえてきそうだ。なぜローダ＝レジーナは苦しんでいるのか。いい質問だ。あたしがたどり着ける答えはただ一つ、彼女が苦しんでいるのは、自分をノーマルな人たちと比べるのをやめられないから。そう警告してやってたのに。

「ローダ」とあたし。「人と比べて自分を苦しめちゃだめ。ヨーロッパで五年間過ごしてあたしはすっかり変わったけど、あんたときたら、数キロ重くなったこと除けば相変わらずボーイスカウトのままじゃない」

あたしはいつもローダをからかった。あたしたちはブルックリンの二軒続きの住宅に住んでいて六歳か七歳の幼い頃に初めて会ったんだが、彼女が男の子の服ばかり着ていたからだ。そうなったのは、彼女には兄が三人いて父親が仕立屋だったため。あとは単にユダヤ人の常識の範囲。末の息子が成長して穿けなくなったズボンをどうする？　腸詰め料理に使うのか？　確かに幼稚なあたしたちはなんの悪気もなくローダ＝レジーナをからかったけれど、彼女が十年間中断せずに精神分析を受けつづけた事実からすると、服のことさえなければ今頃はアリストテレス・オナシスの未亡人だったんだろう。彼女はまた、自分が父親の筋肉組織を受け継いだことが女性として完成されるのを阻むとは思いつかなかった。ついでに言えば、理想的な女は必然的にゼルダ・フィッツジェラルド的楽園で生きるというのなら、なんであたしの人生は狂乱のファンダンゴではないのか。ともあれ彼女は、他人の運命に思いをはせて絶え間なく思い悩むなどということに一秒たりとも費やさなかった。彼女がごく普通の状態にあってくつろいでいるらしいときでも、彼女に向かってウインクして「男は服でつくられる」と言おうものなら、火山噴火のごとく怒りを爆発させる。ローダ＝レジーナはあたしのいちばん古い友だち、親友で、自分のことを知っていたのと同じくらいの年月、彼女のことを知っていた。学校もいっしょだった。ただし彼女は女性として不安を感じていたから、学位取得の道を選んだ。二人でヨーロッパへ船旅し、あたしはそこで極めて重要な五年間を過ごし、そのあいだにブルックリンの蛹《さなぎ》から羽化して出自が確定できない生き物となった一方、ローダ＝レジーナはひと夏ももたず、ドラキュラが夜明けに大急ぎで棺桶に戻るように、愛するぼったくり精神分析医のもとへ一目散に引き返した。

ここで助言。もしあなたがたまたまアメリカで生まれ育ったアメリカ市民で、海外でつらい目に遭った場合は、エチオピア大使館へ直行せよ。マジで。あたしがアメリカ人の領事官に助けを求めたら、そいつにすごい勢いでニューヨーク行きの飛行機に乗せられたから、愛するマクドナルドに別れを告げる時間もなかった。彼は、あたしがまだパリのアメリカン・ホスピタルにいて単核症から回復途中だと思っているはず。悪党どもは、自由な精神が自分たちの黒革の手袋をすり抜けるなんてことはさせなかった。あたしのパスポートまで取り上げた。それを現在マルティン・ボルマン（ヒトラーの秘書）夫人が所有しているのは疑いない。

役人とのやり取りが終了すると、頼れるのはローダ＝レジーナしかいなかった。あたしの養父母はロサンゼルスへ拠点を移していた。エリザベスとリチャードはヨットの上だから連絡がつかないし、ジャッキーとアリはまたしてもうまくいっていなかった。マキシーンには電話を切られた。追いつめられたあたしはやっとの思いでR．＝R．のドアにたどり着き、ベルを鳴らした。ローダ＝レジーナの肥大した姿にショックを受けたが、顔に出すまいとした。R．＝R．

は、どっかの野蛮なやつらに手から松明《たいまつ》をたたき落とされた自由の女神の巨大版だった。

「びっくりしたでしょ。あたし、ハリエット」

「ハリエット？」と夢遊病者はつぶやいた。ある意味利他的に、あたしはきわどいところで到着した。

「手紙書いてもよかったんだけど、手紙より早く着けちゃうのがわかってさ。アハハ。中に入れてくんない？」

　控えめにそう挨拶したそのときから、あたしの受難は始まった。初めのうちローダ＝レジーナはあたしがいっしょにいることを心からありがたがっていたが、しばらくすると、あたしの刺激的な性格のあらゆる利点ばかり求めて、こちらにはどうしようもない面はいっさい許容しないことが明らかになってきた。まあ、性別に関わりなく二人の人間が同居するなら、好みのちがいを考慮すべき。そうしないと、その二人は排水管に詰め込まれたカルカッタの十五人家族のように感じはじめるだろう。ローダはあたしの肉体的存在を認めようとしないふうだった。あたしゃ精霊じゃないんで、ご主人様の問題を解決したとたん瓶の中に消えたりしない。たまたま洞察力が優れているだけで、あたしはごく普通の欲求を持つ生身の女だ。たったいま認めることにしよう、全世界へ向けて告白しよう、あたしには寝る場所が必要です、どこかの変人のアトリエに敷かれたマットレスじゃなくて、ひとりになれる静かな場所が必要です。これほどまでに単純な事実が、ローダ＝レジーナには伝わらなかった。彼女の主張によれば百パーセント革命的で、女性の権利、黒人の権利、囚人の権利、プエルトリコ人とゲイとベトナム人の権利の擁護者のくせに、あたしの権利となると、古き良き資本主義のラインが引かれた。要するに、ローダ＝レジーナは理にかなった唯一の分けられた空間である寝室を明け渡すのを拒み、しょうもないプラスチック製の胴体をさらにこしらえようという意欲にほんのちょっとでも駆られるたびに、アトリエから出ていけとあたしに要求した。あたしゃ機械じゃない。ロボットじゃない。オンオフされない。すみませんね。生身の人間なんで、肉体的精神的状態に影響されるんです。

アメリカへ帰国してから長時間睡眠を取らなくちゃならなかったのは認める。五年間も別のタイムゾーンで過ごし、加えて確立した科学的事実である時差ボケのせいで、予測不可能なほど長い時間眠ったわけだ。あたしを撃ち殺しなよ、っていうかそれよりいいのは、あたしに寝室を与えて無視してくれたらいいんだ。

彼女に自分の寝室が必要なのは、ロマンチックな目的があるからではなかった。ちがう。R.＝R.の客人として、全白人男性は感染性の肝炎で全滅したのだと結論づけてよいだろう。

ローダがこしらえた彫刻とかいうもののせいで、アトリエで眠るのは、共同墓地に安置されるような、目を見開いたままの悪夢だった。言ったかもしれないが、彼女は自分を芸術家と呼んでいた。別にいいんじゃないの。このババアは自分が思い描いているようなイメージどおりに他人から見られたためしはないんだから。ボーイスカウトだった彼女は、単に芸術家と自称してすますことはできなかった。とんでもない。肩書きに値するためには、モノを作らねばならないと考えた。そして作ったものは、プラスチック製の身体の部位。立てた親指の高さは一・五メートル。唇は歩いて通り抜けられる。耳は泳いで入っていける。かと思えばスケールが真逆となり、身長は十センチ、脚は細い金のチェーンにつけられる長さで、極小の手はピンの頭に置ける。こういったプラスチック製の切断された部位が部屋中に転がっていた。言うまでもなく、人々は先を争ってドアに押し寄せ作品を買いあさろうとはしていなかったから。サイズに対する彼女の執着を解明するのに、ジークムント・フロイトである必要はなかった。ローダ＝レジーナのような体格の人間は、自分がピグミーの国に捕らわれている身だと感じるか、自分のお守りの腕輪から全員を吊す巨人だと感じるか、そのあいだで揺れ動いていたにちがいない。何度彼女にこう言い聞かせたことか――「ローダ、自分のサイズをよくよく考えるのやめときな。完璧なボディに恵まれるのは幸いかもしれないけど、人生それだけってわけじゃないからさ、マジで。別に体格なんて気にかけないっていう聖人が現れるかもだけど、もし現れてあんたがそいつをここに引っ張り込んだら、口移しの人工呼吸やることになるよ」。

この偉大なるリベラルは、あたしに対して、目を覚まし、注意を怠らず、体勢を整え、職を探し、買い物し、掃除することを四六時中求めた。重要な例外として食事のとき以外は。その上であたしが死ねばいいと願った。ローダ＝レジーナの普段の様子を見ていればだれしも思うだろう、スープにカップ一杯分の水を余計に投入しただけでこいつは貧困に陥るのだと。つまらないことで非難されるのはマジで傷つく。あたしはおおらかで気前がいいから、人はだれでもさもしいなどとは考えもつかない。まったく、彼女が食べ物を分配するところを見た人なら、あたしたちは救命ボートで遭難したのかと思うだろう。女性の権利の擁護者として、彼女は料理するのが大嫌いだと一貫して豪語していた。あたしはほとんどヨーロッパ人ゆえ料理するのが大好きだけど、じゃがいも二個すり合わせて豪華な食事を作れと言われたら、そりゃ別の話。さらには、二人の女が台所に居合わせるとどうとかいうのはすべて真実だから、ウーマンリブであろうとなかろうと、偉大なる料理人はすべて男なわけだ。

あたしは読心術使いじゃないんで、ローダが料理し、買い物した。彼女は適切というにはほど遠い二コースの食事から一週間分の夕食をなんとか搾り出そうとするのが常だった。彼女の基準からするとあたしの睡眠習慣は不規則だから、食事習慣も同等に非難されるべきものというこ とになる。自ら情報を発信するならば、あたしはパブロフの犬ではないと、この場で認めよう。あたしはだれかに鈴を鳴らされると空腹になるのではなく、空腹になると空腹になる。確かに付き合いで食べるが、急性の低血糖は話が別。ローダ＝レジーナの見解によれば、あたしに栄養が必要なのは食べているときではなく、デモに参加したり、行進したり、抗議したりしているときなのだそうだ。

ある晩遅く、ローダ＝レジーナがひまな教師の職務を終えて帰宅した。その仕事は楽ちんなちょっとしたキャリアアップで、一日につき三十八ドル納税者からふんだくり、マイノリティー集団の子どもたちにプラスチックの耳たぶの謎を伝える。彼らをスラム街から官公庁へとまっしぐらに進ませる情報であることは疑いない。

ローダは超音速の口笛に従う犬のように冷蔵庫へ直進した。初めのうちはあたしがボウルを洗っておかなかったから卒中起こしてんのかと思った。収容者は調理器具を清潔に保つものとされているから。だが次第に、あたしがタンパク質欠乏と戦うために飲み下した少量のおやつのことでキレてんだとわかってきた。

「冗談でしょローダ」とあたしは反論した。彼女を敵にまわすのは気が進まなかったが、相手が数日泊めてくれるからってそいつの言いなりになるいわれはない。いつあやまるのが適当なのか、身をもって学んだ。あたしの行動がだれかに迷惑をかけることになるならだれよりも先にあやまるが、普通のことをしてるのにそれを弁解してまわるなんてお断りだわね。普通のというのには、深刻な栄養失調を食い止めることも含まれる。

「あなたには思いやりってものがないの？」彼女が幅だけは広いぺっちゃんこな胸に空っぽの

器を抱き寄せた。「あたしに蒸し焼きの一切れも残しておけなかったの?」

そこであたしは、ローダ＝レジーナのキッツイ目をのぞき込んでいない人には、非常に奇妙で不正直とすら思えるかもしれない戦術をとった。「蒸し焼きって?」

彼女があえいで器を持つ手をゆるめたので、てっきりそれを壊したんだと思った。でも彼女の白いかぎ針編みのショールについていたのは、血かと思いきやおなじみのアメリカ製ケチャップだった。ローダ＝レジーナは、ポンチョ、ショール、ケープ、ごわごわした野良着風スカートといった共産党員変装がお気に入りで、愚かにもそれで巨体が最小化されると妄想していた。

「この器に入ってた蒸し焼きだよ、このブタ」美容の面からすれば、ローダ＝レジーナは怒るのはよしたほうがいいはずだった。顔色は調理済みの色から生の色になり、黒く太い眉毛の下で丸く茶色い犬っぽい目が縮み、焦げたミートボールになった。

ローダ＝レジーナはシミがついたショールを見下ろした。「ケチャップ」その言葉が調理済みの頭から嚙みつくように出た。「いったいどこからケチャップが?」ハインツの工場からに決まってるが、相手は軽いノリで会話する気分じゃないだろう。

「あ、そうか」とあたしは謎を解いてやった。「シドニーはなんにでもケチャップかけまくるから」

「シドニー？」彼女の顔色が普通に近づいた。彼女にとって普通ということだが。あたしはこいつのてんかん発作の背骨を折った。

「あんたに会いに今日の午後立ち寄ったよ」あたしは引き続き有効な治療を施した。

彼女は怪しんだ。「わたしが火曜は仕事だってこと、シドニーは知ってる」ああそうか、こいつのとんでもなく嫉妬深い心は、最悪のことを忙しく考えているわけだ。あたしは一つの危機を打開しようとするさなかに、もう一つの危機を作り出してしまっていた。あんな黒プディングになんか、どれほど長いフォークがあったって手を出すもんか。好き勝手に選べるのは垂涎の的になっている性的対象の特権だということに、こういうばかばかしいほど競争心の激しい女どもは思い至らない。

「ちょっとローダ、その疑り深い性根どうにかしてよ。あたしシドニーのことなんか狙ってないって。彼があたしにどういう気持ち抱いてるか知らないけど」

「シドニーは来なかった」と必死こいてる女は主張した。「でっち上げよ。あなたが蒸し焼き食べたのよ」

「だれが蒸し焼き食べたでしょ〜」とあたしが歌った。「ムスリムのミンストレル芸人たちによる新作ミュージカルでございます」

言うまでもないが、ストーンヘンジ嬢はにこりともしなかった。シドニー！　レイプ妄想の黒いまねごとに取り乱すのはローダ＝レジーナだけだ。二人のホットな関係。シドニーはしょうもない黒いレザーに身を包んでふらりと現れる。それをセックスシンボルとして強調しているつもりなんだろうが、深海ダイバーにしか見えない。革のミイラが椅子にすわったり立ち上がったりするのを補助して、キーキー音立てながらトイレまで行けるようにしてやらなくちゃならない。ローダ＝レジーナに言った。「ありがたい、彼ヘッドギアつけてなくて。つけてたらデリックで吊り上げなくちゃならないからね」

動かそうにも動かせない二つの物体があたしの居場所にある暖炉の前で丸まって、粗末な寝床にいるあたしを二人の優しいロマンスに無理やり参加させる。そんな夜ローダ＝レジーナは、大切になさっている寝室にあたしを移動させようとしたが、遠慮した。あたしゃチェス盤の上のポーンじゃないんだから。

二人の不当行為収集家たちは明け方まで身を寄せ合い、はみ出し者であることのお互いの試練と苦難を引き比べていた。しかも、政権交代があれば自分たちの価値がもっと上がると互いを納得させている。その革命が到来したときには、あたしを空っぽのセメント貯蔵庫に閉じ込めてください。

「ちょっと」ある晩あたしがマットレスから呼びかけた。「あんたたちの政治談義が耳に入っちゃったんだけどさ、正直、あたしの意見が聞きたければ……」

「聞きたくない」とチームのご婦人がうなったが、あたしのような才気煥発な白人女性と対話する機会がめったにないシドニーは、彼女を黙らせた。

「だめだよレジーナ」と彼がなめらかな声で言った。その声をたまたまラジオで聞いたなら、こっちを自分のロールスロイスへと促す丁重なプレイボーイを思い浮かべるだろう。

「ハリエット、きみの率直な意見を聞かせてほしいな」シドニーは話しかけるたび相手の名前を呼ぶ。三流の話し方教室で身につけたちょっとした社交辞令。「釘があるので」とよく言われるが（マザー・グースに「釘がないので」という歌がある）、それはあたしとローダ＝レジーナの家庭用棺桶に打ち込まれた最初の釘だった。

シドニーはあたしのカリスマ的佇まいに魅了されて目を釘付けにしたまま、ローダのタバコに火をつけた。ポール・ヘンリードは黒い肉体をしてモートン・ストリートで健在だった。

「さあ、ハリエット」彼の声にそっと撫でられた。ローダ＝レジーナが猛烈な勢いでタバコを吸った。

「そうねえ、外国で暮らしてたとき、男女の関係は、ローマ、ロンドン、パリ、どこででも、これ聞いてあなたうれしいんじゃないかしら、男は黒人でも白人でも問題にされないけど、女は白人である場合が多かった。だって」とここであたしは〝ローダ＝レジーナなんか無視しましょ〟と共謀するような笑い声を上げる。「黒人の男が黒人の女に満足なら、彼らは家にいるんじゃないの、パリではそうじゃなかったけど。あたしが言いたいのは、外国人の男は外国人の女が万事心得ているからといって、自分が去勢されてるとは感じないってこと。輸入された黒人男性の一部を除いてね、ここにいらっしゃる方はちがうけど。幸いにもあたしは彼らと関わりを持たなかった。あたしはいままでもこれからも低脳なブロンドじゃないもので。でもあたしをはじめとする女たち、つまり自分を虐待する黒人の男を求めていない女たち、そういう女がどれほどいるかわかれば感動するわよ。ざっと見て、スウェーデンとドイツの全女性人口に匹敵するくらいはいるわね。ともかく、正常な女たちはデモで女の権利を叫ばなくたって、そんなことはベッドで達成できる、言ってることわかるかな。でもここアメリカでは、性差は性交にはつながらない。一方ヨーロッパでは、セックスすることが一般的な決まり。もちろんアメリカでは人種の違いのみならず性別についても否定するようになってきてるけど、あたしに言わせれば、性別というのは神の恵みよ」

シドニーが東洋的なつり目をこちらに据え、オセロ風に刈り込んだ髭を形のいい黒い手でそっとなでながらうっとりと耳を傾けてるのを見ていると、自分の議論に集中できなくなった。「どこまで話したかしら」あたしはにこやかに話を中断した。幸いあたしは、演じつづけなければならない舞台に立ってはいなかった。たとえそれがでたらめを並べることだったとしても。

「いや、もう言い終えたと思うよ」シドニーの浅黒い顔で白い歯が輝いた。

あたしがセックスに飢えたマゾヒストだったら、彼は征服したかもしれない。親愛なるみなさん、あたしとシドニーとの情熱的な関係はその範囲にとどまっていたんです。あたしの嫉妬深い女友だちローダ＝レジーナを納得させてくれませんか。実のところ、あたしは彼とそのあとほとんど言葉を交わさなかった。もしかすると、彼があからさまにあたしを避けていたので、R.＝R.は怪しんだのかもしれない。ローダはみじめになる理由を探し出すのが得意だったから。

おなじみの闘争にまた戻る。「なんなのよ」とローダが爆発した。「その汚らしい体をマットレスから離してよ。昼も夜もナメクジみたいに寝そべってって。動くのはキッチンに這ってってって家にある食べ物のかけらまでガツガツ平らげるときだけじゃないの。わたしはあんたの召使いなの？　料理係なの？　自分を何様だと思ってんのよ、病人みたいに横になって、文句言って、サービスが行き届いてないとか邪魔するなとかいつもいつも文句ばっかりで。あんたのせいで頭おかしくなりそうなのよ、わかってる？　あんたを追い出さないかぎり治療は続けられないって分析医から言われてる。でも追い出さない。殺すつもりだから」（注／ローダ＝レジーナは、絶対的信頼を置いているらしい精神分析医について言及せずに普通の対話をすることはまったくできず、たいていはその分析医の口に、あたしにとってはどこまでもローダ＝レジーナのものとしか思えない考えや言葉をねじ入れた。自分の取るに足りない意見に〝わたしの分析医〟をかぶせれば、それに〝グッド・ハウスキーピング認定章〟が与えられるとでもいうように。）

追い出すなんていう驚くべきことを彼女から言い渡されたとき、あたしはちょっとした衝撃、パリで言うところのフリソンを受けた。自分が相手にしているのは精神障害者だとはわかっていたが、精神障害でもそうでなくても、彼女があたしを殺害して社会から排除されるまで、この住居は彼女の私的な囲い地だ。そこに入ることは彼女の支配下に置かれるということ。彼女に脅されるたびそのことを地元警察に伝えたって、精神異常の犯罪者であるという確たる証拠としてズタズタにされた体を実際に差し出すまで、彼女は法的権利を与えられたままだ。

キチガイだがバカではないローダ゠レジーナはこのことを承知していて、思いっきり不満を爆発させた。蜜月は終わった。真剣に見直すべきときが来ていた。

「あんたはわたしの人生を破壊してる。仕事から帰宅するのが嫌でたまらない。友だちを招けばあんたは必ずその人たちを中傷する。あんたのためにすごい出費を強いられてる。どれだけ食料を仕入れても次の朝には全部なくなってる。これっぽっちも感謝の気持ちを示さないし、お礼も言わないし、手助けもしない」

それは、よくニューヨークの通りを自分相手に大声で言い争いながらウロウロしているキチガイの一人と同じ部屋に閉じ込められている感じだった。こいつがどれほどビョーキか、なぜいままで気づかなかったんだろう。正気とは思えないほど重ねられたショールに込められた意味を、なぜ理解できなかったんだろう。かわいそうなローダ＝レジーナ。どれほど哀れな運命が彼女を待っていることか。あたしは医者じゃない。鎮静剤を満たした皮下注射器は持ち合わせていない。だから、彼女の発作が治まるのをじっと待つしかなかった。

あたしは胸の上で腕を組み、ただそこに横たわっていた。亡きエジプトの女王が、石棺に納まって永遠の眠りについている。気づかないわけがない――まるでローダ＝レジーナの問題に十分対処していないとでもいうように、あたしの動かぬ指の下に、パイナップルほどもあるなじみのない腫瘍があった。悪性かどうかいまのところまだわからない。手足が液化して、目の前で天井がフラフラ泳いでいる。よりにもよって、左の乳房を切り落とされるのか。あたしの完璧な左右対称性は破壊される。いやだ。もし悪性なら、酸素を止めるよう外科医に頼もう。でもそうしてくれるだろうか。若く美しい女性を手術台で見殺しにできるだろうか。医者はたとえ食肉解体者であっても、家族に向き合わねばならない。

「いつここから出てくの？」遠くから聞こえる彼女の声が、耳の中でドクドクいう血を通って入ってくる。

「市内の病院にベッドの空きが出たらすぐに」

「なに言ってるの？」

「確かなことがわかるまで、あんたに言って心配させたくなかったのよ。でも、もう確かなの。ローダ、あたしガンなの」

部屋に衝撃が走り、歓迎すべき沈黙が流れ、続いて、人間的な感情が完全に欠如しているわけではないローダ＝レジーナが、獣のような低いうめき声を長く発したかと思うと、アパートメントから飛び出した。

ついにひとりきりになれたので、鍛え上げられた精神でガンを頭から追い払い、ローダ＝レジーナの狂気に集中した。なにが彼女の心を打ち砕いているのだろうか。あたしは彼女を助けられるだろうか。あたしは何らかの目的を果たすためにローダ＝レジーナのドアへと運ばれてきたのではなかったか。このように言うのをお許しいただけるなら、重々しい声、宇宙の声があたしの耳にささやいた。

「ローダを助けよ」

言うは易《やす》く行うは難《かた》し。そんな大仕事にどこから取りかかるべきか。あたしは黙想した。客で満杯の劇場を空っぽにする案内係であるかのように、張り詰めた心を空っぽにした。ほどなく努力は報われた。無意識の深い溝から、ある洞察が浮上してきた。洞察とは、ローダ＝レジーナが一般人の平均的な性的愉悦を一度も経験したことがないというもの。彼女はあたしの手を借りて、現実世界へと導いてもらうのを待っていた。女性解放運動方面から気にかけてもらったり助けてもらえることは、まずないだろう。彼女がその運動によって解放され、性に対する態度として唯一表明できたのは、自分はトラック運転手組合に加入できないという、根深く消えることのない怨念だった。「ローダ、あたしあんたの空手レッスンそのものには反対しないけど、強姦魔じゃなくてヤッてくれる相手を見つけることに希望を託すほうが理にかなうんじゃないの？」と言ったとき、あたしは無神経であっただろうか。

そう、あたしは容赦なく自分を責めた。あたしは無神経だった。ローダが意識向上グループのマヌケな仲間どもから引き出したお粗末な恩恵は、どんなものであれ彼女が帰宅してあたしと顔を合わせるなり自動的に失われた。あたしがどうやって人がうらやむようなこの意識を獲得したかというと、金切り声を上げる不満たらたらの連中であふれかえる部屋の中ではなく、究極の仕事人であるヤル気満々の男の腕の中だったことは明らかだ。

うつらうつらしていると、その単純さにおいて完璧な解決策が拡声器から聞こえてきた。ローダ＝レジーナに恋人を見つけよ。ありがと、でもどこで？　山みたいにそびえる女を相手にするには、並外れたユーモアのセンスがある男とか、献身的な男でなければならない。ハワード・ヒューズの小切手帳を自由に使えるわけじゃないのに、どうやってあたしがそういうめずらしい標本を見つけ出して、ローダ＝レジーナに捕まえられちゃってくださいと買収できるというのか。鉄の処女が床に鎮座しているのをそいつが目にしてしまったら簡単にはいかない。

でもあたしは経験からわかっている、問題が視界に入ったなら解決は近いということを。方法は見つかる。ラッキーなローダ。あたしにもそういう友がいてほしい。

ローダ＝レジーナとのそれからの日々は、干からびた骨のような歴史だ。わざわざそんなものを掘り出さなくたっていいだろう？　彼女は救いようがなかったと言えば充分。あたしは善きサマリア人の典型的な運命を耐えた。ここに誓う――もしも溝に横たわって血を流し死にかけているローダ＝レジーナに出くわしたら、その壊れた体を注意深くまたいで歩きつづけよう。彼女を天にまかせよう。ローダ＝レジーナがベルビュー精神病院送りになることに一瞬でも想像が及んでいたなら、あたしはあの広告に応じはしなかった。あたしはものすごく世俗的な女だから聖人ではないかもしれないが、あの狂人があたしの所持品をアトリエの窓から放り投げつつ言い張ったように、わざとローダ＝レジーナを苦しめるわけがないじゃないの。R.＝R.ご愛読の共産主義新聞に、その打ってつけの外国人の男が自己紹介文を書き連ねているのを見つけたとき（政治ばかりと思いきや、こんなおまけまで付いてきた）、あたしはホサナと呼びかけた。広告にはこうあった――

黒人男性、持ち物特大、女性の同志求む、単独でもチームでも可、サイズ・肌の色・年齢問わず。フランス語・ギリシャ語堪能。写真送付可。Box7961まで。

写真はいいからさ、7961番さん。このお役目はあなたのもの。すべてはしかるべきところに収まりつつあった。自分の謎めいたパワーを呼び出すとき、よくそういう展開になる。

R・＝R・が果てしなく繰り返す「今日ここから出てって」という文句と競い合うようにして、あたしは応募者に返信した。ロサンゼルスの荒れ地経由で親から小切手が届くという話をぶちかまして時間をかせぎ、声に出して思案した――身勝手ではあるがパリへそして愛しのマクドナルドのもとへ戻る片道切符を買うべきだろうか、はたまたあたしの使命は反対方向にあり、文化的精神的に貧弱な西洋の輝ける子どもたちに奉仕すべきだろうか。あたしたちのあいだに途方もない距離ができてしまうという予想で獣は一瞬呆然となった。出発が差し迫っていると思わせて催眠術をかけると、獣はぼうっとなって粗末な暖炉の炎の前で喉を鳴らした。まるで二人して北極に身を潜め春に氷が溶けるのを待っているとでもいうように、守銭奴がどれほどケチケチ薪を配給したかここで述べて回り道はしない。あたしに本物のリスの毛皮のロングコートがなかったら、ローダ＝レジーナはある日仕事から戻ってきてあたしの硬直した死体に迎えられていただろう。あたしはコートにくるまって暮らし、眠り、食べた。それは、あたしが持って生まれた慎ましい寛大さを前にして苦しまなくてすむようにするための、彼女のみじめなゲームだったのかもしれない。表向きは彼女が作ったプラスチック製の怪物どもを保護する目的で維持されている凍えるような室温と、あたしが餌にすべき残飯とのあいだで、彼女はあたしを毛皮が内張りされている墓の中でかろうじて生きている状態に保ち、マットレスの上で身動きができないようにした。

あたしは復讐心に燃えるようなタイプじゃない。ローダ＝レジーナが最近ふさいだ一階の窓の外のモートン・ストリートにあるゴミ箱を一つ残らずひっくり返そうなんてことは絶対に思い浮かばないし、クロードが不法占拠するアパートメントの部屋でよくやっている非アメリカ的乱交に関して移民局に匿名の手紙を送るなんてこともまちがっても思いつかない。過ぎたことは水に流そう、それがあたしのモットー。迫害者に対しては、可能なかぎり疑わしきは罰せずの姿勢を取るようにしている。でもローダ＝レジーナは突飛な行動に出た。あたしは彼女の哀れな欲求不満を緩和してやろうと、力及ばずとも善かれと思って手を尽くしたのに、あいつはそれに対してひねくれた反応をするから、先頭に立って嫌な仕事を引き受ける人間も手を引かざるを得ない。あたしは学んだ。もしあなたが、狂ってみじめになってやろうという人々の、声にならない苦痛の叫びを無視できないなら、もしあなたが姿勢を崩さずわが身を黒焦げにするのが趣味の禅僧ではないなら、撤退すべき。出来事そのものはほとんど問題じゃない。ローダ＝レジーナは、なんでもいいからあたしに向けて怒りを爆発させるための口実を探していた。

あたしにはどうすることもできなかった。彼女のみじめったらしい生き様を目撃したという事実だけで憎まれ、敵に仕立て上げられた。あらゆる歪んだ人々のように、彼女にはあたしがのけ者コンプレックスと呼ぶものが備わっていた。

正常な男なら彼女の寝床に忍び込む勇気も食欲もわかないだろうことは、彼女にはそうでなくてもあたしには明白だったから、謎として知られる心理的な駆け引きによって彼をローダのもとへおびき寄せるというのがあたしのアイデアだった。ほんと、ヴェールとかテントとかアンクルブレスレットなんかのすばらしい発見がなかったなら、アラブ人はいなかっただろう。正体がわからない相手にじらされた７９６１番は、雑談という時間がかかる手続きを踏むことなく、ローダ＝レジーナにご奉仕することになる。結局のところ、プレーヤーたちが求めているのは精神的な相性なんかじゃないんだから。

７９６１への手紙で、R.＝R.が参加している意識向上のための会が催される晩にアトリエで会いましょうと提案した。彼が現れたとき、ローダ＝レジーナの強姦空想、奇襲されたいという禁欲的な望み、圧倒されたいという象の赤ちゃん的願望について説明する時間はたっぷりあるはず。優れた戦略が必ずそうであるように、あたしの計画はシンプルだった。ローダ＝レジーナはあたしを避けるようになっていたから、自分の寝室に直行してくれるだろう。準備万端整った彼女の誘惑者は、シンと静まり返るまであたしといっしょにアトリエで待機していればいい。そののち彼は、ローダ＝レジーナの腕の中に音も立てず夢のようにすべり込むだろう。完璧。五年間パリでたびたび解放されたあたしですら、ローダを待ち受けていることを考えると、ちょっとばかし興奮でうずいた。

確かに彼はシドニー・ポワチエじゃないどころかローダのシドニーでもなかったが、どこから見ても黒人ではあった。実は、約束の時刻に彼がおずおずとノックする音が聞こえ、待ってましたとばかりにドアを開けたとき、廊下が強盗の天国のように薄暗いせいで、最初彼がどこにいるのかわからなかった。背の低いしなびたレーズンみたいな男で、ギリシャ語を知っているか不明だったがフランス語なんかてんでダメだし、英語だって妙だった。自分の空想上の写真一覧から組み立てるような人物からはほど遠いが、ローダ＝レジーナが映画の出演契約を断るとかまずないだろ？　ロイドに段取りを説明するのは容易ではなかった。名前はロイドだったと思う。それが彼の名前なのか、それとも彼が控えめに挨拶したハローだったのかはついに定かではなかった。そんなのは細かいこと。彼はレイプという言葉でひるんだから、あたしは心理的な洞察をするのをやめた。実のところあたしの計画をまったく理解していないようだったが、このちッせータコは協力的かつ頭が鈍く、出された国産の赤ワインを喜んで飲み、あたしがぶち上げるローダ＝レジーナについての売り込み口上に耳を傾けていた。彼女の母親も聞いたことがないようなやつだ。

もちろんいくらか疑念がつきまとったが、どんなときだって現実には疑念がつきものじゃないのか？　颯爽としたロイドを想像してたのは確か。でも実物がこうだということがローダ＝レジーナを落胆させる理由になるとはかぎらないんじゃないか？　あたしたちの好みはそっくりなんていう思春期みたいなことを想定する必要はないのでは？　そもそも意見が一致したことなんてあったか？　そして結局、Ｒ．＝Ｒ．に失うものなどあるか？　徹底的な劣等感？　石化したリビドー？　ローダ＝レジーナは、記憶をつくるものを持ち合わせていなかったんじゃないのか？　記憶がないなら、どこにでもいるイエバエと人間を区別するものはなんなんだ？　あたしは他人に同情する慈善連合の構成員ではないが、あらゆる贈り物の中で最も貴重なもの、つまり過去を、あたしのあふれそうな宝庫から取り出して悲劇の女主人に与えてやっているように感じた。ボケたローダ＝レジーナが白内障を患う目玉で愛のない人生を振り返るところを見せられることほど悲しいことはない。あたしは楽観することにした。罪があるとしたら、それはあたしの罪。あたしは卑怯に引き下がるのを拒み、ローダ＝レジーナの絶望的な状態を認めるのを拒んだ。いまあたしは客観性を取り戻したから、彼女の勝算についてどう思うか訊いてくれてもいい。

あの狂った女が発する突き刺すような叫び声を聞き、駆けまわる音を聞き、ナイフが光るのを目にしたなら、こいつはきっとこれまで一度も裸の男を見たことがないんだと思うだろう。

公正を期せば、ロイドの一物は恵まれていた。それからすると、ちっこい茶色の体を補って余りあると思ってもよさそうなところだ。しかし目が不自由な人にも、彼がビビる側だったというのが見えただろう。大急ぎで服を拾い集めて窓から出ると、鮮やかにひとっ飛びして姿を消した。ジェシー・オーエンス（ベルリンオリンピックで四冠を達成したアメリカの黒人陸上選手）をも指導できるレベル。自殺する可能性のある人たちに、あたしの体験を無料で提供しよう――あたしはやってみてわかった、窓から身を投げるにはかなり訓練を積まなくてはならないと。あなたがその方法にしようと考えているなら、キッチンのごく普通の二脚の椅子のあいだにロープを渡して、いますぐ訓練を開始すべき。

あたしはドアへと急いだが、サイコ嬢は至るところにいてすべての出口をふさいでいるようだった。デブは敏捷という警告がよくよくわかった。もうたくさん。こまごました耐えがたいことに関わる必要はない。ローダ＝レジーナを解放するはずだったものは、演劇とは公《おおやけ》の絞首刑だと考える場合のみ愉快な茶番劇、客間の喜劇に堕した。この騒ぎは大盛り上がりのパーティーをやっているように聞こえたはずだ、警官が二人も現れたから。一人は黒人で一人は白人、急進主義者が聞いたら喜ぶ組み合わせまちがいなしだが、どっちも等しく怠惰。二人はメモを取るふりをしながらのろのろと部屋を歩きまわり、その間ローダ＝レジーナは旋回舞踏を踊りながら、雄叫びを上げあたしめがけて突進してきた。

「あの女を逮捕して、あの女を止めて」とあたしはリスのロングコートが窓から飛んでいくのを見て叫んだ。

「住人のお名前を」白人のほうがボケっとした状態から目を覚まし、ボールペンをメモ帳の上に持ち上げ、子どもがアルファベットをなぞるときのような集中した真剣な表情をつくった。

「リジー・ボーデン（実父と継母が斧で惨殺された事件で犯人と疑われた）よ、同じことっしょ？」とあたしが大声を上げた。

「さっきのはあたしの本物の毛皮のコート！」

「お二人はいっしょにお住まいなんですか？」

あたしはやつの汚れた犯罪者心理が目指す方向を感じ取った。「ちがう」と抗議した。「もちろんちがうわよ。あたしは彼女を助けるためにここにいるだけ」

「彼女はあなたを呼びましたか？　なにか摂取したと言ってましたか？」

セックスとドラッグ、やつらの頭の中にあるのはそれだけ。だからお上に逆らわないでおこうとすぐにその場で決めた。

「なにを摂取したのやら。そちらの推測はあたしと同じ。この場所に出入りしてる連中を見たら……」でも、ローダ＝レジーナの惨憺たる状況のただ中で彼らの同情を得ようというあたしの必死の試みは、破壊的なゲス女本人によって文字どおり抑えつけられた。石みたいに重い指があたしの首に着地したと思ったら、ローダ＝レジーナは発狂した力を振り絞って締めやがった。それで初めてオマワリどもはジャーナリストになろうという野心を棄て、仕事に取りかかった。

「恐ろしい幻覚を見てるんでしょう」と、一人がやっと状況についてまとめ上げた。

彼らは身をよじっているローダ＝レジーナに縞模様のベッドカバーを掛け、あたしから引き離した。あたしは彼らのあとについてパトカーまで行った。縁石のところにうずくまり、怯えてしょんぼりしているのはあたしの忠実なるコートだった。航空機墜落事故現場の焦げた残骸みたいに散らばっているほかの貴重品は無視して、すばやくコートを救出した。あたしはこの災難に落ち込みショックを受けていたから、所持品なんて気にしていられなかった。一つひとつが旅のお土産だったけど。

現場周辺でよだれを垂らしながらぶらぶらしているジャッカルどもがだれ一人として略奪しようとしない一方、警察はやたらとあたしに興味を示した。自分からローダ＝レジーナの名前を伝えたが、ベルヴュー精神病院まで同行するようお招きいただいたとき、自分の財産をしっかと指差して断った。

二人は車に乗り込み、バシッとドアを閉めた。黒人のサツがあたしに目配せした。「体さえ丈夫なら人生は楽しい、ってね」あたしは彼と駆け落ちしたかったけど、しっかりしたマッチョな保護に身をゆだねるのは、R.＝R.のような無力なタイプと呼ばれる破滅人間にまかせておくことにした。彼女は車の後部座席で、縞模様のカバーにくるまり、微動だにせず満足そうに横たわっていた。あたしをどんどん数が増えていくファンに取り巻かれるままにして二人が彼女を連れ去ったとき、ちょっとばかりうらやましかった。膝が震えていたので、濡れて冷たい玄関ポーチの一番下の段に腰を下ろした。グルーピーたちが寄ってきてうっとりしていたが、恥ずかしがってあたしにサインをせがめなかった。

「どうしました？　お困りですか？」それは、あたしの経歴のその時点では最上階に住む外国人の顔でしかなかったフランス人ドブネズミがあたしにかけてきた最初の言葉だった。すごくお上品な印象のフランスなまりがなかったら、ちょっとでもほほ笑んでやることはなかっただろう。いまになってみれば、あの搾取者二人があたしの混乱に乗じて恩恵を受けたと思うと苦痛だ。クロードの場合は明らかすぎて並べ上げるにも及ばない。ローダ＝レジーナの場合はあたしを追い出してシドニーを迎え入れるという目的を達した。そう、一つ策略をめぐらし一撃を加えただけで、彼女はすべてを達成した。シドニーにしっかり抱きかかえられて再び姿を現したとき、その企みは明らかになった。

『ヴィレッジ・ヴォイス』のどっかの野心的なリポーターは、いつになったら一瞬でも自分の性生活の自慢話をやめて、ベルヴュー精神病院の患者の入退院が絡んだ悪事を調査するんだろう。なんで狂人たちはさっさと解放されるんだろう。医者たちは、退院させた連中が犯す殺人の件数によって、週ごとのプール賭博、宝くじを分け合うんだろうか。いずれにせよ、ローダ＝レジーナは一階の自分の住まいへ戻り、竹のブラインドの向こうに威嚇的に陣取り、ちょっとでも不審な動きを目にしようものなら魔の手を伸ばして殺すことを思い描きながらこっちを見張っていた。クロードとあたしの関係が行き詰まったのも不思議はない。三階下にあたしを忌み嫌うやつ《ベット・ノワール》が待ち構えているときに、血を吸うような彼の要求に集中できるわけがないんだから。

6

そういう日々の一日をクローゼットの中で過ごしたほうがいいか知るために、占星術師に相談する必要はなかった。クロードとの朝のひとときは、あたしの星が不調和だという充分な証拠だったが、それに加えてマキシーンが侵入してきたせいで苦しめられ、それから気がつくとローダ＝レジーナの恩知らずな態度を思い出し、そして今度はシャルルとやつの最新のパーティーガールとの夕食が迫っていたから、単なる個人的な悲劇というより世界の終焉のように感じた。

シャルルみたいな意地悪くしょうもない人間のことを、どう言い表したらいいのだろう。やつは人類の中で最も軽薄な存在、つまりフランス人プレイボーイだった。娯楽の追求に人生を捧げていたが、なかなかそれに没頭できなかった。注射するか錠剤という形で飲み込めるもの以外には興味がないからだ。フランスの製薬会社の相続人として利益を丸呑みし、言うまでもなく娯楽を求める人生を送っていた。

「おれを楽しませろ」と、ヤクでヘロヘロになり、虚ろな目でけしかける。人口爆発が起きるとか近いうちにカリフォルニアで地震があるとかあたしがまくし立てていると、「退屈だ」と勝ち誇ったようにわめく。「きみは退屈だ！」やつは目下、バニーガール、スターの卵、体操選手、社交界にデビューしたての娘、ゴーゴーダンサーたちから成る大隊を練り歩かせてクロードに点検させ、退屈をしのいでいた。自分が保護している女の一人をあたしのボーイフレンドにゲットさせ、あたしを箱詰めにしてブロンクス動物園に追っ払うことを願って。

敵と食事をするときにふさわしい服装とはどんなものだろうか。的確な答えを探して、曲げ木のロッキングチェアにうずたかく積み上げられた衣類を掘り返す。着る物なんもない、というフレーズを心臓が繰り返し打ち鳴らしはじめた。いますごく流行っていてしかもあたしの型破りなルックスにピッタリというズレた効果を狙うことにした。おびただしい死者がいる曲げ木の下から、行き先をまったく選ばない絞り染めの綿のロングスカートを救出した。ひらめいて、それに合わせるため、グリーンのスケスケのメキシコ製オーバーブラウスを選んだ。そのカラーコーディネートは自然の出会いを生み出した。ただし、ありふれた穏やかな出会いではなく、痙攣する自然。

持ち時間はわずか四時間、そのあいだに主婦《ハウスフラウ》からエキゾチックな夜の生き物へと変身せねばならないが、だてに病み上がりの母親を抱えていたわけじゃない。われわれ母娘は手っ取り早い方法を知っていた。あたしは美しい衣装をまとってシャワーの下に立ち、気合いを入れて潔癖症エネルギーを爆発させ、シャンプーで髪と服を洗った。衣装をシャワールームのカーテンレールにかけ、水を滴らせて乾かした。次に、夕食会がうちのリビングに移動する場合に備えて汚れ物をすべて片づけた。その頃には顔に取りかかる時間になっていた。

さっきも言ったが、あたしは従来型の美貌と呼ばれるものは持ち合わせていない。しかしながら、青白い肌に半透明のファウンデーションを塗り、表情豊かな大きな目をコールで縁取り、濃い色のもつれた髪の毛でエキゾチックな頬骨を囲むと、どのエジプトの墓が暴かれたのかと人は思うだろう。

六時には支度を終え、鏡の前に立ち、そこに映し出されたものが目的にかなっているかどうか思案した。心臓がバクバクいって、いくつかの疑いが生じた。落ち着こうと、クロードが使っているフランス製の強烈な鎮静剤を一錠服用し、万が一に備えて残りをショルダーバッグに入れた。国際的な衝突を招く危険を冒すまいとエアコンのスイッチを切り、それからようやく、ビーチサンダルを手に持ってうだるように暑い階段を音も立てずにそっと降りていった。ローダ゠レジーナにまばゆいばかりのあたしの姿を見せて苦しめないように。

通りの蒸し暑さは我慢の限界を超えていたから、タクシーを探してヨロヨロとシェリダン・スクエアへ向かった。ラッキーなことに、手を挙げた最初のタクシーが止まった。あたしゃマキシーンじゃないから、道端で注目されてても興奮しない。

タクシーの運転手に行き先を告げ、鎮静剤がしっかり効いてきたので座席の背に体を預けた。しかし乗車中にリラックスすることは許されなかった。とんでもない、運転手にはほかの計画があった。このバーニーおじさんはイエール大の学長であるべき人物だったが、割当て方式の犠牲者として、気がついたらタクシーの運ちゃんをやっていた。あたしと俗っぽい話をしたがった。

「よく言われると思うけどさ、おたくアン・バンクロフトに似てるね」と運転手が自分の水晶玉をのぞき込んで言った。

「は？　おたく、最近彼女に文句言われたの？」

車は押し黙ったままのあたしたちを乗せて進んだが、それも渋滞に引っかかるまでだった。運転手はおこがましくも軍事に関する専門知識を披露した。「そ、犯罪、おれらが犯してんのは、虐殺っていうひでー犯罪。そいつは国を分断するね、ドイツがユダヤ人にしたことのために二分されたみたいにさ」

あたしは、おなじみの歓迎しかねる調子を感じ取った。「あのねバーニーさん、あたしたまたまユダヤ人じゃないんで、過去も現在も、ベトナム戦争にもどんな戦争にも反対じゃないのよね」

そう言い終えたあと、平和にタバコを吸えた。

この女はユダヤ人じゃないのかというわずかな疑念も消し去るやり方で運転手にチップを渡し、堂々とレストランに入っていった。

シャルルとやつのお相手が混み合ったバーに突っ立っていた。あたしのボーイフレンドの姿はなかった。

「クロードは?」と二人に近づき、すでにシャルルが吉報を受け取ったかどうか確かめようと、そのヤク中お目々をのぞき込んだ。

「ついさっき電話があったよ。少し遅れるって」シャルルがあたしと握手する。

「お待ちかねの暗殺が起きたのかしらね」

「いやあ、ハリエット」と笑う。「相変わらず実に愉快で、実にお美しい」

なるほどな、とあたしは思った。ドブネズミがあたしにひじ鉄食らわしたことをこいつに言ったんだ。

冷ややかなブロンドの淑女がやつのひじにしがみついているのが嫌でも目に入った。金色のヘルメットと呼ばれている髪型は、ツヤツヤで整っていて細いあごのラインに沿ってカーブしている。白く輝くシルクジャージーのホルタートップ、そして白いシルクの長いプリーツパンツがほっそりした腰と脚を覆っている。おかまのシャルルも流行りの白いリネンのスーツと白いブーツ姿でキメている。あたしは白装束の医療チームの傍らに立ち、救急救命センターに搬送された衝突事故の犠牲者みたいな気分になった。

「ハリエット、紹介するよ、こちらババ」とシャルルが曇った目の焦点を合わせる振りをしながら誇らしげに言った。

「名前、なんて？」あたしは彼に話しかけた。彼女が聾唖者ではないという証拠はまだかけらもなかったから。

「ババです」と彼女が、あたしの大好きな単調な鼻声訛りで代わりに答えた。

「ババ？」

「本名はバーバラです」冷ややかな青い目を濃紺のまつげが縁取っている。「でもわたしが生まれたとき兄がそれを発音できなくて、ババという名前のままになったんです」彼女の歯は着ているユニフォームのように真っ白だった。

神よ、あたしになにすんの？　拷問やめろよ、このしょうもないゲス野郎。クロードがまだ到着していなかったから、あたしは魅力にあふれた戦術を披露するのを数分間遅らせることにした。

「よろしければ、あたしバーバラってお呼びしてもかまいませんけど」と保証してやった。それは頭巾をかぶったコブラから餡を取り上げるようなものだった。

「シェルル」彼女は〝シャ〟をシェルドンの〝シェ〟みたいに発音して哀れっぽく言った。

「テーブルの用意まだかしら」

「確かめてくるよ」とやつがパッと気をつけの姿勢を取った。このちっちゃな白いマシュマロたちがピシャリと鳴らす鞭はなんてすばらしいんだろう。

「わたしカウンターのところに立っているのがイヤなの。あなたもでしょう？」彼女は男たちがいやらしい目つきで自分を見ていることをわざと意識せずにぼやいてみせた。

「お酒飲むなら別だけど」全員がやたらとビクビクしてあたしの注文を取ろうとやっきになったが、どれにしようか選択肢が頭を駆けめぐるあいだ連中を待たせてやった。

「ぼくらと同じものを頼んだら？」というシャルルの提案は楽な解決法らしく、ほどなく冷えたマティーニを手渡された。それはまさに必要としていたもので、苦いがありがたい薬のようだった。二杯目のマティーニのバランスを取っているところに、クロードが気取ってバーに入ってきた。

やつはあたしを這いまわる緑色のヌメヌメだというように一瞥すると、ババの片手を握った。その間《ま》は、おれのこれまでのずぼらな人生にいま意義が与えられると語っていた。彼女がやつにそそられているのは明らかだった。その様子であたしは、彼女があたしとシャルルをガン無視し、心を奪われたような目を恥ずかしげにクロードに向けて、服を剝ぎ取り床に押し倒してと懇願しているのがわかった。シャルルはポン引き顔を輝かせてそれを承認した。

あたしたちは真っ赤な燕尾服姿でちっとも目立たないウェイターにテーブルへ案内され、膝にセメントみたいなナプキンを落とされ、先天的な奇形人種のためにデザインされたバカでかいメニューを手渡された。あたしは椅子の上に立って手に負えない広告掲示板を開く代わりに、シャルルに顔を向けて言った。「ねえシャルル、今夜は厨房になに突き返すの?」

不服そうなシャルル。彼はコップ一杯のお湯をかろうじて消化できる程度で、いろいろな料理を食べられないことで知られていた。クロードはあたしをにらみつけてからババとともにメニューの陰に姿を消し、なにやらやっていた。あたしはテーブルのまわりをウロチョロしている見習いどもの一人に向かって、空になったマティーニのグラスを掲げた。

「もう充分だろ、ハリエット」

「充分てなにが?」と問いただしてから、真っ白な混乱を絵に描いたようなババに向かって言った。「あたしの彼氏、手に負えないのよね。あたしのことタカみたいに見張ってるんだもの。ねえダーリン」とやつに向かってウインク。「牡蠣五十個注文したら?」

マティーニが来たから、なにを食べるべきかという毎度おなじみのフランス人の危機にはそれ以上注意を払わなかった。

「困ったわ」とババ。「どれもおいしそうで。体重減らさないといけないのに」

「一体どこを？」とクロードが抗議した。大理石の床に唾を吐いたのをだれかにとがめられたように。

「どこもかしこも」と彼女は、相手が自分の完璧さを一センチでも見落とした場合に備えて答えた。「飛びつづけるためには、一定の体重以下に保たないといけないの」

「そうだ、あなたスチュワーデスなのよね？」

「エアライン・ホステスです」と彼女が正した。あれまあ、あたしたちがこんなに意気投合するなんてだれが思ったかしらね。

「まったくねえ、全員が吐いたりぶつかったりなんやかんややってる高い場所でウェイトレスするなんて大変だわよね」

「ハリエット！」遠くからマッチョっぽく命令する声が聞こえた。

「普段からスチュワーデスさんに訊いてみたいことがあったの、お伺いしてもいいかしら、社交上お目にかかったスチュワーデスはあなたが初めてなもので。あたしあなたと同じ飛行機に乗ったかもしれないし、サービスしてもらったことさえあるかもしれないけど、ロケッツ（ラインダンスで有名なダンスカンパニー）をマジマジ見る人なんていないものねえ。おしえてほしいんだけど、スチュワーデスと看護婦ってのは、絶えず死と向き合う職業ということで、病的なほどふしだらだと思ってる？」

あたしには、重要なことを知らせてもらったと相手に感じさせて、新しい知り合いをたぐり寄せるという不思議な才覚がある。

「さあ、わからないわ」彼女はスモークサーモンと戯れていた。「今度病院にお世話になるとき、看護婦のどなたかにお訊きになったら？」

フランスのブタどもは、彼女の機知に富むお言葉に大笑いしやがった。

「先週ね」と彼女が鼻持ちならないほど上から目線でダラダラ続けた。「チャールトン・ヘストンがお付きの看護婦とローマ行き６０２便に乗ってらしたの」

「有名人に会うことが多いんでしょうね」とクロードが、マーティン・ルーサー・キング夫人を称賛するような感じで彼女を称賛した。

「それはもう。ドベイキー医師がダラスから８０９便に乗ってきたこともあります。彼を見て震えてしまった。移植は人間の摂理に反していると思うわ、おぞましいＳＦ映画が現実になるみたいで。それに、人が法的にあるいは肉体的に死んでいるかという深刻な問題もあるし。わたしは賛同できません」とブロンドの哲学者が断言した。

あたしは移植を強く支持する。「心臓ってのは、機械、ポンプ、心も魂も肝っ玉もないポンプ。だれのポンプがこっちをポンプしていようが同じことじゃないの？　バーバラ、なにが自分をポンプしてるかなんてほんとに気になるの？」

あたしはあんたもおわかりよねという感じでヘビみたいにクロードに目を据えた。

船を漕いでいたシャルルが目を覚ました。「このスモークサーモン、どうしようもなく塩辛い」

「エドワード・G・ロビンソンがアフリカから706便に乗ってきたんです、心臓発作を起こした直後に」と心臓の権威が言った。「彼が話す様子と振る舞いから、生まれ持った心臓以外求めていないとわかりました」

「ご出身はどちらです？　とても魅力的な話し方をなさる」あたしの恋人は、片手をカップ状にして頭を支えた。

「ご存じないと思うわ。ネブラスカのウェブランドです」と彼女がおぞましいほどうぬぼれた田舎者丸出しで言った。

「あらやだ、もちろんクロードはネブラスカ聞いたことあるわよ、そうでしょアナタ」

ババはクロードのまねをして片方の手のひらにあごを載せ、あたしを一心に見つめた。

「バーブラ・ストライザンドにそっくりって言われたことありません？」

「ないわね」

「彼女がヴェガスから47便に乗ってきたことがあるんですけど、そっくりだわ、あなた」

「あたしはあの人よか三十センチ背が高くて三十センチ鼻短いんで」

「見かけというわけじゃなくて……」

「あたしユダヤ人じゃないわよ、あなたがそのことをほのめかしてるんだったら。ローレン・バコール、レックス・ハリスン、パイパー・ローリー、クローデット・コルベール、ナタリー・ウッド、シャルル・ボワイエ、トニー・カーティス、ダイナ・ショア、サミー・デイヴィス、ポーレット・ゴダード、カーク・ダグラス、ポール・ニューマン、ローレンス・ハーヴェイはそうだけど」あたしは腕の長さと同じだけユダヤ人のリスト持ってるんでね。

「レックス・ハリスンはちがうわ」と彼女がうめいた。ほかのは歓迎されたわけだ。

「彼がヒースローから912便に乗ってきたことがあったんですけど、わたしたち全員にシャンパンを振る舞ってくださって」

「ご愁傷さま、あんたがガブ飲みしたのはユダヤ人のシャンパンよ」

ウェイターがやって来てなにやらクロードに囁くと、やつは声を落とせとあたしに伝言した。

「ここは少年院なの、それともまずい料理出すレストランなの?」あたしは新しくできた友だちに夢中になっていたから、世間体なんか気にしていられなかった。

シャルルがまたしてもネコの昼寝から爽やかに目覚め、実に刺激的なあたしたちの会合に割り込もうと決めた。「事故か事故に近いものに遭遇したことある?」

「一度だけ。恐ろしかったわ。オマー・シャリフが搭乗していました。ブリッジのトーナメントからの帰り道だったんです。彼がイスラム教のお祈りを上げつづけるさまにはゾクッとしたわ。でもわたし、墜落を怖がるのは馬鹿げていると思うことにしたの。予測不可能なことを怖れて生活するなんてできない。家でテレビを観ていたって、そのときが来たらそれまでなんですもの」

このカチカチに凍ったブロンドの頭に大量の知識が詰まっているとは驚きだ。

「そう言うのは簡単だけど、飛行機事故で両親を亡くしたら、あなたの見解はまったくちがうものになるでしょうね」

あたしは自分の空のグラスに、ワインの残りをカスまで注いだ。

ババは椅子に腰かけたまま縮んだ。クロードが変化に気づいてくれていたらいいんだけど。この女をオシャレな白いプリーツパンツから引き出してフーバーエプロンにねじ込んだら、アギャーッって叫ぶだろうな。

「ハリエット、いったいなんの話だ?」

「わかってるでしょ、なんの話か。あたしが言ってんのは、人柄、思いやり、献身。それから不感症のブロンドの淫売ども……」

気がついたら、床に尻もちついて、こっちを見下ろして心配そうにのぞき込んでいる顔に取り囲まれていた。

「コーヒーを持ってきてあげて。ブラックがいいんじゃないかしら。先月スチュワート・グレンジャーがロンドン発の８０４便で泥酔していたとき、わたしたちそれですぐに酔いをさましてあげたから」

「あたしゃスチュワート・グレンジャーじゃないし、泥酔してないし、椅子から落っこちただけ。バランス崩したの。フライング・ワレンダズ（綱渡りサーカス団）でも落ちることがあるなら、あたしが落ちたって不思議じゃない。酔っ払ってるって彼らを責める人なんかいないよね。あたしはあんたの大嘘にうんざりしてんのよ」

「立たせてあげなくちゃ。持ち上げられます？　片方の腕を持ってください、わたしもう一方を持ちますから」

　ウェイターがあたしの死体にテーブルクロスを掛けようと駆け寄ってきた。「お手伝いしましょうか？」と息せき切って訊く。

「家庭の問題なのよ。ここにいる母と父と兄が、野球場に見せかけた墓地がある養護施設と呼ばれるところにあたしを送り込んで遺産を受け取れないようにしようと、あたしをだまそうとしてるんです」

　立つことも歩くこともできないとわかったとき、あたしは気絶した。だめになった哀れな両脚。

シャルルのメルセデスの後部座席で意識が戻った。不埒極まるレズがあたしの頭を膝に載せてなでていた。

あたしは体を起こした。「あんたが追いかけてたの、あたしだったわけね、ずる賢いおマンコだこと」彼女の唇にキスしようとしたら、ヘアスプレー吸い込んじまった。「ウエッ、厄介者のお嬢さん、あたしあんたの投書箱に入れたいもんがあるのよね」

二度目に意識が戻ったときは、スケフィントン夫人が意識を取り戻してひどい猩紅熱にやられてハゲたと告げられたときに感じたのとまったく同じ気持ちになった。皮膚がすっかりなくなったというか、体をきっちりと包むものがなくなってしまった感じ。あたしは水たまりだった。真っ暗な部屋、無音の部屋で朽ち果てていく死骸だった。死んで埋められ、とうとう全能なるゲス野郎に対峙するのを待っているところだと気づき、棺桶のふたを片手で押しのけようとしたが、手にはなんの抵抗もなかった。暗く薄い空気があるだけだったから、もしかしたら自分の寝床にいるんじゃないかと考えた。それならどうしてあたしはひとりぼっちなの？　あたしの愛人はどこにいるの？

「クロード」とささやいて、枕とシーツを軽くたたいた。「クロード、どこ？」やつが摩訶不思議にも変身してあたしのケツにひっついてるマッチ箱になったんじゃないなら、やつはまちがいなくベッドにいない。体を起こすと地球の軸がガタガタ揺れた。床に足をつけたら地震が起きた。天井が崩れ落ちないうちに部屋から脱出しなければ。ドアノブに手こずってから寝室を飛び出し、必死こいたんでめまいをおぼえた。壁に寄りかかって息を整えていると、ありがたいことに遠くにかすかな光が見えた。迷った動物のように光を目指した。ひとりきりじゃないとわかったときの安堵感といったら。心安らぐ光の輪の中に、奇妙で不格好な獣が一匹。地震でひとり生き残った身では、仲間を選べるわけじゃない。その不気味な山に這うようにして近づくと呼吸している音が聞こえたので、そいつが生きているとわかった。汚水のようにたまった光の中に、信じがたいものを見つけた。そこでなすすべもなく仰向けになって手足を投げ出しているのはクロードで、やつの伸ばしたひざに乗っかってぎっちりやつを押さえ込んでいるのは、ほかならぬシスター・ババだった。

彼女は彼にひっついていて、波立つ海水に漂うココナツみたいに上下していた。近づくにつれ、チュパチュパピシャピシャいう音が聞こえてきた。目を閉じて脳みそ吹っ飛ばせば、自分が船に乗っていて、それは穏やかな海水が船べりに打ち寄せている音だと想像できるだろう。けれど、不運な乗客が溺れているわけじゃないなら、反復するうめき声を無視できるわけがない。それは風の音か遠くから聞こえるエンジン音かもしれなかったが、あたしにはそうとは思えなかった。

目をこらすと興味深い現象が起きた。なんと部屋が赤くなった。赤い床の上に赤いスカーフがかけられた赤いランプが見えた。赤いソファと赤いコーヒーテーブルの輪郭が見えた。クロードの赤い両手がババのむき出しの赤い尻をせわしくなでているのが見えた。やつの脚、彼女の太もも、やつの胸、彼女のおっぱい、赤、すべて赤、まるで世界が血に浸されたように。

「イイわイイわイイわ」と彼女が一本調子で叫ぶと、人間の声を聞いたあたしはパッと幻覚から抜け出した。血だらけの光景はたちまち消えて、あたしの灰色の彼氏クロードが、ババという灰色の高級コールガールに犯されていた。

彼女に飛びかかって喉元をかっ切りクロードを助け出す前に二人の動きは痙攣してきて、うめき声は一体となり、ついには彼女がやつのせり上がる胸に倒れ込んだ。

彼女がさらに害を及ぼさないように、あたしはしばらく待ち、ランプからスカーフを引っ張ってはずした。

「ああ、ヤバい」とクロードが、助けは来ないと観念してたというように苦しげにつぶやいた。あごの下で彼女の頭を押さえている。ババはあたしにパッと陰気な視線を向けると、くぐもった短い叫び声を一つ上げた。犯罪行為の現場を押さえられた強姦魔は恐怖におののいた。青いマスカラがそのお下劣な顔ににじみ、異教徒女の濡れた髪の毛はヘアスプレーに毒されて枯れていた。

「服着ようか」クロードが襲撃者に手を貸して立ち上がらせた。彼女は少年ぽくかつ少女っぽい体つきをしていた。細い腰にまっすぐつながっている脚、丸みのある小さい尻、長い乳首つけた驚くほど豊満なおっぱい。

「ごめんなさい」と彼女がつぶやいた。「ごめんなさい。成り行きで」

「警察呼ぼうか？」とあたしはクロードに訊いた。「それともあたしがこの女を片付けようか？」

「わかったよ、落ち着いて」

「クロード、ケガはない？　だいじょうぶ？」

「彼女に近寄るなハリエット、近寄ったら殴り倒すからな。用意できた？」と彼女に訊く。二人とも早回しの無声映画に登場するコメディアンのように動いていた。クロードはクラーク・ケント並みの素早さでシャツとズボンを身につけ、ババは文字どおり白い制服に収まった。二人は、病棟で患者たちに性的虐待して大忙しの一夜を過ごしたような消耗ぶりだった。

彼女は満たされて震えていた。

「さあ」とクロードが言い、彼女がさっき首とウエストにつけていたチェーンが小さい山になったのを手渡した。それが哀れなドブネズミに使った凶器だったんだ。

彼女はチェーンを握りしめてドアのところに立った。クロードがドアを開けた。

「どこ行くのあんた」とあたしは大声で言った。

「送っていくよ」とやつが彼女をかばって肩を抱き、部屋から連れ出した。

二人を追いかけてもよかったが、どうにか安全を確保してゲロ吐いた。内臓は波打つ乾いたすすり泣きとともに震え、顔は燃えていた。息が切れ、めずらしく脚がヘナヘナになった。自分の死体が、浴室の備品にだらんともたれた状態ではなく、ベッドでちゃんとした状態で発見されるようにするのが精一杯だった。

7

目覚めたら物凄く気分が悪かったんで、頭を動かしてクロードのラジオ付きデジタル時計で時刻を確かめたのはいまでも記憶に残る達成の一つと言えるものだった。二時半。部屋は雨の午後の薄暗い光に浸されていた。あたしはベッドに横たわったままクロードを哀れんだ。肉体を辱められるなどというゾッとすることは、やつの身にすら起きてほしくなかったから。クロードが戻っていないのは確かだった。なぜわかったかというと凍えるように寒かったからで、それはつまり一晩中エアコンが作動していたということ。

テレビを相手にする気力はなかった。ともかく、殺害された要人を埋める話でもやっていないなら、土曜の午後はドツボもいいとこだ。クロードが裏切ったことや、児童虐待者がババと一夜を過ごしたんじゃないかという疑惑については考えなかった。あたしみたいにここまで肉体的なシステムを痛めつけられている人間は、呼吸する必要性以外のあらゆることがたいしたことではなくなる。あたしが気にかけているのは、ガチガチに凍りつかないうちにどうやったらエアコンまでたどり着いてそれを止められるかということだけ。もう無理。北極で見つかった死者たちの日記に実に感動的に記されている無感覚、眠気、無気力に襲われて、永遠の眠りという甘美な抱擁に身をゆだねた。

昏睡状態から脱したとき、顔がしかるべき方向を向いていたので、六時だと難なくわかった。部屋の寒さは耐えがたいほどになっていた。あたし自身が頻繁に要望していた方法であたしを破滅に追いやろうとするなんて、ドブネズミらしいじゃないか。やつはどこだ？

テレビをつけると、地図の前に狂人が立ち、雨が降っているという事実について博士論文を披露している最中だった。男をわめき散らすままにしておいてどうにかリビングにたどり着くと、エアコンに襲いかかり、殺人機械のスイッチを切った。床に置かれたランプを見て、おぞましくもさっきの大混乱を思い出した。あの齧歯動物はどこだ？　やつが罪悪感をおぼえたことは評価できるが、いつものように状況を複雑にしていた。やつが向き合うことを先送りするほどに、あたしの神がかった忍耐は限界に近づいていく。

身支度してここを出ていこうかと真剣に考えた。ドブネズミが恥じ入ってコソコソ戻ってきたら、あたしがいなくなっている。そうすれば、やつは心配すべきことを明確にわかるはず。でもこの土砂降りの中、そしてこの弱った体で、どこに自分を引きずって行けるというのか。喧嘩は終わりにして、一件落着にするほうがいい。

やつの幼稚な振る舞いに対して、どんな口調と立ち位置を取ればいいんだろう。ソファに腰を下ろし、マルボロに火をつけた。まだ華やかな衣装に身を包んだままだったから、悲劇は一層切なくそして耐えがたくなった。悲劇？　これを悲劇と捉えるべきなのか？　そんなことをすれば、素人の家庭破壊者にふさわしくない重要性をババに与えることになるんじゃないか？　直感的にはわかっていた、なぜクロードが彼女に自分を利用させたのか。言うまでもなくやつはあたしにマッチョっぷりを証明していたわけだが、ばかげた話だ。直接証明してくれりゃいいだけなのに。これまであたしは、本人が喜ぶような情報を——うまくいかなかったけど——届けようとしてあげたじゃないの。だけど、性的に不安定な状況の真っ只中にいる男に朗報を伝えたところで、どうにかなるものでもない。考え直した結果、ここから出ていかないだけではなく、何事もなかったかのように気高く振る舞うことにした。吸わずにいたタバコを器に投げ入れ、煙が引き起こした吐き気をこらえた。

疲れ切ってズキズキする頭をソファの背に預けて待った。信じられないことに思えるが、クロードを待つのが人生の中心を占める活動になっていた。あたしはすべての旅慣れたアメリカ人を悩ますカルチャーショックのようなものに苦しんでいたのにちがいない。その結果として、クロードが家を象徴する存在となっていたわけだ。やっと暮らしていた半年間で、待つことに異常なほど執着するようになり、気がつくとやつが階段を駆け上がってくる足音が聞こえるのを待っていた。やつがしょっちゅうくだらない小旅行に出かけているあいだ、やつの帰りをぼうっと待っていた。あたしがめくらやつんぼじゃなけりゃ、やつはいつだってあたしが待っていたことを知って喜んだ。あいつにしてみれば、あたしという健康的な存在が、かさぶたくっつけたヤク中どもや片輪の果物摘み作業者に取り憑かれたことと、しかるべき均衡を保っているんだろう。やつは傷を負った戦士のように二人のベッドに倒れ込み、女性的な思いやりを注ぐあたしの尽きせぬ能力に感謝し、あたしは喜びにあふれてやつをよみがえらせ介抱してやる。ところがいま、あたしはひとりぼっちですわり、足音に耳をそばだて、介抱してやる準備をしていた。

頭に浮かんだことその一――顔をチェックしなくちゃ。だって、ボロボロの看護婦に手当してもらいたい人なんていないもの。その二――無理矢理にでも栄養補給しないと。浴室へ行くとゲロまみれだったので、きちんと拭き取った。屈辱的な仕事をやり終えると、風呂を浴びてから食事することにした。やつはどこだ？　外は暗くなってきている。なるほど、やつは良心の呵責をおぼえているのだろうが、電話くらいよこしたっていいじゃないのさ。

浴槽にお湯を張るあいだ、冷蔵庫の中を偵察した。前の晩に準備した手のこんだ料理が人間の手に触れられないままそこにあった。空腹をおぼえ、バーベキューチキンから手羽をもぎ取った。口に近づけた瞬間、恐ろしい考えに頭を焼かれた。鶏の骨が喉につかえたらどうなる？

とんでもない光景だろう――キッチンの床で青くなり、死んだ口から鶏のかたまりを突き出しているあたし。いや、それは遠慮する。お湯を沸かそうとヤカンに水を入れた。コーヒー飲んで気管詰まらせたとかいう話は聞いたことないからな。

風呂だ、気持ちが落ち着くバブルバス。でも、自分がお湯に浸かってリラックスしているイメージに、ある警告が干渉していた。それは、数週間邪魔されずに浸かったあとでふくれ上がった死体を発見されるという、魅力的とはいえない光景だった。震える手でどうにか歯を磨き顔を洗う。皮膚、とりわけまぶたに赤いできものがいくつかできていた。なじみのない消耗性疾患の症状を調べているうち、膝から力が抜けていった。なに飲んだっての？　単なる二日酔いでここまで衰弱するはずないじゃない。二日酔い？　思い返してみると、ほんの少ししか飲まなかった。マティーニ少々にワインをグラス数杯。それが理由で魚の鱗に覆われているわけがない。ああもう、ひとりきりでいるにはタイミングが悪すぎる。

コーヒーはどうでもいい。料理する体力なんてない。大型の容器に入ったチョコチップアイスクリームとスプーンを病床に持ち込んだ。

時刻は七時半。めまい、だるさ、耳鳴りが健康なしるしと見なされるわけじゃないなら、すべてまずかった。そういったものが単核症の症状だということは知っている。

いわゆる娯楽番組は、『エクスプローラーズ』とかいうとてつもない倦怠の塊しかやっていなかった。プライベートジェットに飛び乗ってコネチカット州へ飛べば、3チャンネルでお笑い番組やってるのに。ベッドに身を横たえ、麻痺した口にスプーンでアイスクリームを運び、時折り弱々しい脈を確認した。土の中で修行する苦行僧の脈のほうが、あたしのよりよほど活発だろう。

不快感を耐え忍びながら、二人のレズのアホどもがサーモン・リバーの急流を制覇するところを眺めていた。二人の母親たちが娘になにをしたかは神のみぞ知る。『オール・イン・ザ・ファミリー』を紹介する魅惑的なデュエットにさえぎられ、クロードが鍵をまわす音は聞こえなかった。

「ハリエット?」

一瞬、当然のことながらそれはわが創造主だと思ったが、クロードの声だった。「ここよダーリン」

クロードがやって来て寝室のドアのところに立った。あたしは非難せずに両腕を伸ばした。「あたしの戦士、あたしのすばらしき勇敢な戦士のお帰り。ひどいご様子ね。すぐにその濡れた服を脱いで愛しい人、そしてベッドにいらして。あなたの大好きな番組やってるわ」

どうすか、これほど寛容な女がいます?

「こっちの部屋へ来てくれ」とやつが陰気に言った。「話がある」

「話、話、話」とあたしは陽気に非難した。「話すことなんてある？　許すわクロード、すべて許してあげるから」やつ相手にはスワヒリ語で言ってみたって同じことだったろう。

「寝床から出ろ」

「それはまずいかも。単核症に罹ってるみたいだし、ヘタすると白血病かもしれないし」

ケダモノはかがんであたしをベッドから引っ張り出した。こいつ、もし自分が白血病に罹ったら、ジュースや湿布でかいがいしく面倒見てもらえると思ってるんだろうが、病気の女の場合は？　あたしたち女は、おまえらは死んだと告げてもらうまで任務を遂行するものとされている。

やつのあとについてリビングへ行った。やつはひどいありさまだと言いたいところだが、さほどでもない。やつは動かぬ証拠であるランプが床にあるのを目にとめると、何気なくそれをサイドテーブルに置いた。

「いいか、一日以内、二十四時間以内にここから出てってくれ。おれは今夜ここに泊まらない、やることがあるんでね。ここに百ドルある」やつが丸めた札束をコーヒーテーブルに放り投げた。「おまえがチェルシーホテルにチェックインしようと、アルバートホテルをあたろうと、くたばろうと、どうでもいい。でも、おれが明日の晩ここへ戻ってきたときにまだいたら、とんでもない目に遭うからな」

あたしの声帯が凍りついた。許しのスピーチが舌の上でしおれた。やつとババはずっとこの告知を準備していたのに、あたしはどうやってやつを許そうかと頭を痛めていたわけだ。

「クロード！」と叫んだ。

やつは交通整理の巡査みたいにパッと片手を上げた。「ひと言も聞きたくない。おまえの首を絞めないように、全力で自分を抑えてるんだ」

「首絞める？　一日中ここに横んなってあんたを心配してたのに。あのチンケな淫売の名前を今後いっさいあんたに投げつけないことにしたって聞いたら、あんたうれしいでしょ。なんて名前だっけ。そもそもババってのが人の名前だなんて信じるやつがどこにいんのよ」

「だまれ」とやつはどなり、棚からスコッチの瓶を取り出して自分の分をグラスに注いだ。スイマーが凍てつく海に足の指を入れるように慎重にそれを試し飲みしてから、勇敢にも頭を傾けて一気に飲み干した。

「急いでるんだ」やつの腹に酒がフルフルと入っていく。

「どうして急ぐの？　どこ行くの？　話もできないの？」

「できない」やつはあたしをおいて浴室へ行った。追いかけた。やつは革のポーチに自分の香水やデオドラントを投げ入れはじめた。

止めようとやつの腕をつかんだ。「なにしてんの？　クロード、わかんないの？　あやまったりしなくていいって。許してあげる。すべて許す」

「奇跡が起きておれのシャツをクリーニングに出したなんてことあるか？」

あたしは震え上がり、口を開けて泡を吹いた。

「そんなわけないよな」とやつが辛辣に言う。

もう目一杯だし、展開が速すぎる。「へえ。それがあたしが昨日丸一日料理して掃除してこすって洗ったことに対するお礼だと。あたしってなんなのよ、あんたの使用人？　あたし人間に過ぎないんで、やれることには限界があるんですけどね」

「おまえが束縛されるのはもう終わりだよハリエット。その並外れて高度な知性をおれの召使いとして無駄にする必要はもうない」

「だれも文句なんか言っちゃいないわよ。誤解しないで。あたしはあんたの僕《しもべ》でいたいの。普通の女が人生で望むことなんてほかにある？　わかった、あんたが難しい時期にあるんなら、あんたのやり方を優先しましょう。あたしが家事やるから、あんたはババと倒錯した性行為に精を出せばいい。この世のババたちはそれ以外の目的で創られたんじゃないものね。なんなら、あたしを聞き役とか友人とか母親と見なしてくれてもいいよ。だけどクロード、あたしに言わせればものすごくフツーで、あんたにしてはめちゃくちゃマッチョなたった一回の浮気のために、あたしたちの関係を終わらせないで。どっちかって言えば、あんたに対する敬意は高まったんだから。好きなだけ自分を嫌悪すりゃいいけど、その弱さゆえにあたしあんたを愛してんの」

「家事ときた」やつが不快な笑い声を上げながらバッグのジッパーを閉めた。「半年間おまえは怒りっぽい病人みたいになにもしないで家でゴロゴロして、おれがスープの缶開けてくれとか頼むもんならイチャモンつけてたくせに。半年間献身してもらって気が狂いそうになったよ」

「でもそれは終わったわ」やつのあとについてリビングのドアまで行く。「聞いて。説明するから。今日の午後まで自分でもわかんなかった。そのことをどうしても言いたかったんだけど。あたし具合悪かったの。ものすごく。単核症が再発して。あたしたちいまわかったよね、ちゃんとした治療受けて寝床で休む、それだけでいい、そうすればあんたはあたしのエネルギーと能力をアゴで使える。一日寝床にいただけで、もう体力が戻った感じなの」

「おれが出てったらすぐにチェルシーに電話しろ。日曜には大勢チェックアウトするから」

「あたしが言ってること聞いてよ」と、やつの強情で自滅的なツラに向かって叫んだ。「あんたの病的な義務感からこんなことさせるわけにはいかないの。ババのためにあたしを捨てないで、お願いだから。人生メチャクチャにされるわよ」

「おれの人生はおれのやり方でメチャクチャにさせてくれ」と狂人が言い張った。「それから、おれが決めることに、ババはいっさい、まったく、関係ない」

「ちょっとさ、香水連れてどこ行こうっての？　彼女にはあんた好みのルームメートがいるの？　スチュワーデスがどういう生活してるか知ってる。乱交パーティーだよね」

やつがドアを開けた。「明日の午後までボルティモアにいる。暴動と略奪が起きてるんだ」

「そりゃよござんしたね」

「それが期限だぞ、ハリエット」

後ろ手にバシッとドアを閉めた。クロードがあたしをなでて終わる悪夢を見ているんだと願いながら、ひとり呆然と立ち尽くしていた。よろめきながらベッドに戻った。テレビではアーチー・バンカーがあたしの父親の見事なものまねをやっているところで、それがクロードが騒々しく入場し退場する非現実に輪をかけた。すべて耐えがたいまでに現実なんだ、となにかがあたしに告げた。音量を下げて燃える頭を枕に埋めた。歯を食いしばった。喉が痛んだ。そして泣いた。

あたしは泣きつづけた。クロードを思って泣いた。マクドナルドを思って泣いた。パリを思って泣いた。アメリカン・ホスピタルを思って泣いた。あたしを無理矢理飛行機に乗せてこの収容所に送り返した能なしどもを思って泣いた。泣く対象がどこまでいってもなくならないんじゃと怖くなるまで泣き、そして泣き止んだ。

思う存分泣けば気持ちが落ち着くとか言われているが、そうはならなかった。それどころかますます絶望的になった。絶望の波が押し寄せはしたが、窓に日の光が射すまでリストを書き出し計画を立てて起きていた。

あたしがクソな錠を替えるために翌日どんな目に遭ったか話したら、聞いた相手は、あたしが言ってるのが荒廃した安アパートの錠じゃなくて、フォートノックス（金塊を保管している軍事施設）をロックする錠のことだと思うでしょうよ。

予定よりも遅く目が覚めた。寝過ごすのが怖くてなかなか眠れなかったから。すべきことは、なにかを想像し、それを起こすこと。タバコに火をつけ、テレビをつけ、ベッドに散らばったリストをかき集めた。テレビでは、黒人の一団が三百年間やらされたタップダンスに対する支払いを要求していた。幸運を祈る。そうこうしてると、恐ろしいことに完全記憶能力の発作に襲われ、今日が日曜だということに気がついた。土曜日はゾッとするほど苦しみっぱなしだったとはいえ、日曜が来るのをうっかり忘れていた。慎重に立てた計画が、A&Pの棚を思い浮かべながら気ままにつくった買い物リストが、すべて吹っ飛んだ。明晰さがヒステリーになっていく。日曜に鍵屋が見つかるのか？　寝床から飛び出し、電話帳に飛び込んだ。

鍵屋が夜間と日曜の急場に対応してくれるとわかり、安堵で泣きそうになった。ソファまで電話を持っていき、タバコに火をつけ、ダイヤルしにかかった。話を聞いてくれる心温まる受付サービスすらなかった。録音された音声と、ビーという音と、こっちの名前と番号を記録しようと待ち構えている聞き取り装置。電話の向こうは無人、機械だけ。

あたしは絞り染めのスカートとメキシコ風のブラウスを脱ぎ捨て、浴槽に水を張って入った。水は冷たかったが、生き返った。この場所がまた暑くなっていることに気がついた。雨は猛暑を蹴散らしていなかった。

浴槽から出たとき、最初の機械がかけ直してきた。こちらの話は用意していた――わたくしは品行方正な既婚女性なのですが、昨晩強姦魔の一団に襲われ、ハンドバッグを奪われました。現在ボルティモアに滞在している献身的な夫から、一刻も早く錠を付け替えるようにと強く言われたのです。

「おたくの前に緊急の要請が一件ありますんで」と電話の向こうで無関心な男が言った。「一時間ほどしたら伺います」

「一時間ッ」とあたしは金切り声を上げた。

「それが精一杯です。ご心配なさらずに、路上強盗は家宅侵入する泥棒とはちがいますから。その二つは別物です」

「でもあたしを襲った強盗は家に侵入する泥棒と知り合いかもしれないじゃない」と食い下がる。

「それほど不安なら、隣りのお宅で一時間お待ちください」

「わかった、一時間、でも頼むからそれ以上かけないでよ、急ぐんだから」

そいつに電話で一時間付き合わされることになるとは思ってもいなかった。どういった錠が必要か。木のドアかそれとも金属のドアか。警察で使われている錠がいいかそれともピッキングができない作りのシリンダーがいいか。

怯えて涙があふれてきた。「勘弁してよ、あたし錠の博士号なんて持ってないんだから。鍵で閉まって強盗を寄せつけない錠持ってきて」

これでもあたしに対する拷問は十分ではなかった。相手は本件に関する経済学について切り出した。緊急サービスに二十ドル、新品の器具の代金を加えて五十ドル。

「お金ならあるから、ともかく来て」ブリキの破片一個と作業時間三十分に五十ドル？　アメリカの知識層が縮んでいるのも不思議じゃない。

そこそこ清潔な白いジーンズ、青と白のストライプのTシャツを身につけたときには、もう一時半になっていた。クロードが丸めてコーヒーテーブルに投げた札束から五十ドルはがし、残りの金を握って、ブレッカー・ストリートのデリカテッセンへ走った。

途中で買い物リストを忘れたことに気がついた。取りに戻る時間はない。カール・マルクスは、ちゃちい暴動が革命に発展するようにと願った。

通りはヘドが出そうだった——灼熱、縁にはまたもゲロ、獲物を探すおなじみのリンチ集団。そしてデリカテッセン！　ニューヨークの買いだめする連中が一人残らずこの場所にぎっしり詰まっていた。まるで、明日の朝この街に禁輸措置が講じられるとでもいうように。包囲は二週間続くだろう。それまでには、クロードはババの呪いからすっかり解き放たれているだろう。

あたしはワイヤーのカゴをつかんで必需品を詰めにかかった。ネスカフェの大瓶二つ。クレモーラ（加工クリーム）の大瓶二つ。ビタミンC入りオレンジジュース一リットル瓶四本。レヴィのライ麦パン二山。バター五百グラム。卵二ダース。ツナ缶十四個、それから気分が萎えないように、バージンオリーブオイル漬けの輸入アンティパストが入った平たい缶を六個。それらが都合よくツナ缶の横に並んでいなかったら、思いつかなかったかも。カゴがいっぱいになった。もう一つカゴを手に取った。夕食用。テレビ観ながらの冷凍七面鳥の夕食七回分、冷凍エビの揚げ物の夕食七回分、タルタルソース一瓶、ヘルマンのマヨネーズの大瓶一個、ハイドロックスクッキー四パック。封鎖が予測よりも長引いた場合に備え、カウンター係に作りたてのロブスターサラダを五百グラムとノヴァスコシア産スモークサーモンを三百グラム注文し、それに必要なベーグル六個、そして店の反対側へ素早く移動してでっかいクリームチーズもゲットした。それから、ホームレスがただで食事を与えてもらうように、なにも言わずおとなしくノロノロ進む列に並んだ。怒りの涙が目を刺した。ようやく自分の番が来た。

レジの賢者はおっしゃりたいことがあるらしかった。「児童養護施設への差し入れですか？」

「いいから早く」とあたしは涙をこらえて男をせっついた。

ピッピッピッでまたピッピッ。会計五十二ドル二十八セント。

「お金足りない」締めつけられていた胸からすすり泣きが漏れ出した。

「落ち着いて」と資本主義者があたしをなぐさめた。「どうにかなるから。いくらお持ちなんですか？」

「五十ドル」握った札束を振り上げて相手に見せた。

後ろに並んでいたリンチ集団がソワソワしだした。もしかしてこいつらが選んだ犠牲者ってあたし？

「じゃ、二ドル分ほど品物を減らしますから。アンティパストの缶四つでも生きられるでしょ？」

予期せず知恵を披露したその男の両手に接吻したいくらいだった。

「ご不要のものは？」

「かまわない。なんでもいいから取って」涙は乾いた。ババといっしょに十日もいればウンザリのはず。

男は計算しなおし、今回はあたしが選挙に勝った。注文の品は段ボール箱二つになった。

「配達は何時にします？」とわが友人が訊き、五十ドルふんだくった。

「できるだけ早く。あのね」と、ひらめきにウキウキしながら言った。「これ、あたしのウェディングパーティーのための買い物なの。一時間後に結婚するのよね」

「マゼルトフ（おめでとうございます）」と聞いたことのない言葉で祝ってくれた。

大急ぎでアパートメントに戻り、今回だけはローダ＝レジーナが異常に目を光らせているのを無視して階段を駆け上がった。

ドアにたどり着くと、鍵を持っていないことに気づいて叫び声を上げた。たいていどこへ行くにも持ち歩いているクレタ島のショルダーバッグすら気にしていなかったんだ。金をつかんで玄関から自分を閉め出した恐ろしい瞬間を再現してみる。電話の鳴る音が聞こえた。アメリカ中の緊急対応専門の鍵屋にちがいない。階段のいちばん上にすわり、両手で頭を抱えた。そこら中にあたしの悲嘆が広がった。

どれだけ泣いていたのか把握していなかったが、短い時間じゃなかったことは確か。ようやく、黒い金属の箱を持ったサディストが気軽な足音を響かせて、ゆっくり階段を上ってきた。あたしは顔を拭った。

男は踊り場に到着すると、手にした紙に目を通した。「鍵屋をお呼びになったメアリーさんはそちら様ですか？」

「いいえ。あたしは相続人。彼女、今日の午後埋葬されたわ」

「部屋でお待ちいただいてもよかったのに」

「閉め出されたのッ」とあたしは金切り声を上げた。

男はアホな紙を念入りに読みなおした。

「閉め出されたとは書かれていませんけど？　壊して開けなくちゃならないということですか？」

「だからなによ。壊して開けりゃいいじゃない。ともかく古い錠をはずすのッ」

金髪で青い目の男の若々しく意地悪い顔がしかめ面になった。イルゼ・コッホ（ナチス・ドイツの女性看守）が刑務所で男子を出産したという噂を聞いたことがあるが、まさか息子本人に会えるとは思ってもいなかった。

「ここがあなたのご自宅だと証明できるものはありますか？」

あたしの声がヒステリックに高くなる。「あたしがそちらに電話したの。あたしの名前はメアリーなの。閉め出されてこうして腰下ろしてんの。あたしが他人の錠変えてまわってるキチガイだとでも思うわけ？」

「証明が必要なんですよ。運転免許証とか請求書とか、身分証明になるものはお持ちですか？」

「財布ひったくられた」

「あなたを同定できる隣人はいますか？」

一瞬、復讐心に燃えた神を思い浮かべた。あたしを追及した挙げ句、今度はローダ＝レジーナに絶好の復讐の機会を与えてやっている。いいえ大将、あたくしそんな女に会ったことなど一度もございません。

「あたしは結婚してて、夫とここに住んでるの」すすり泣いているうちに、めずらしく頭の中の涙がドッとあふれ出た。

階段を上がってくる足音が聞こえた。目を閉じ、気絶する体勢を整えた。

目を開けるとプエルトリコ人の配達の少年がいて、食料が入った二つの箱のバランスを取りながら、急傾斜のピラミッドを登ろうとするエジプト人奴隷そのまんまを演じていた。

「この子があたしを知ってる」と大声で言った。

「この人のこと、知ってる？」イルゼの息子が迫った。彼女が生きて息子の残虐さを楽しむことができていたら、どれほど誇らしく思ったことか。

「うん」とわがプエルトリコ人救済者が答えた。

「この人はここに住んでるの？」

「うん」

「それはこの人への届け物？」

「うん」

英語に熟達しているこの子に神の恵みがあらんことを。

「いいでしょう」とナチが判断を下した。「錠を交換します」

やつは一時間近くかけてドリルで穴をあけ、ハンマーでたたき、悪態をついて古い錠をはずしてから、ほぼ同じ時間をかけて別のを取りつけた。美しく輝く新しい鍵で新しい錠を数回試した。

「完了です」とようやく言った。

「ありがとありがと、ほんとありがと」

やつは部屋に箱を運び入れるのを手伝ってくれた。

「六十五ドルいただきます」

「そんなの無理よ」とあたしは叫んだ。「五十ドルしか持ってないもの。五十って言ったじゃない」

「しかしですね、それには壊して開ける料金は含まれていませんので」

号泣するのが十八番《おはこ》になりつつあった。

「追加の十五ドル持ってくから。お母ちゃんの墓前に誓って、明日までに足りない分渡すから。でもお願い、頼むからいまは帰って。強盗に遭って気が動転してるの。どうか哀れんで」

やつが肩をすくめた。「じゃあ五十ドルください」

あたしはコーヒーテーブルから金をすくい上げると、やつの汚れた手に押し込んだ。

「明日ですよメアリーさん、遅れないように。あなたのお名前、電話番号、住所を控えています。お支払いいただけない場合は、錠をはずすことになります。会社の方針なんで」

「払う、絶対払うから。あたしが犯罪者に見える？」

取り替えたばかりの錠でやつを締め出すとソファに倒れ込み、息を切らした。タバコに火をつけ、その無意識の動作で、タバコを二箱買うのを忘れたことに気がついた。買い物リストの最優先アイテムなのに。苛立ち、怒り、憤って、ドッと涙が出た。

ソファから動けず、箱から食料品を出すこともできず、横になることもできず、エアコンをつけることもできなかった。ソファに釘で磔にされた。電話の呼び出し音が鳴っていたが、無視した。

クロードの足音が聞こえたけど、どうでもよかった。付け替えた錠を相手にやつが役立たずの鍵でガチャガチャやっているのを聞いていた。

「ハリエット？　ハリエット、いるか？」

オツムの弱い姦通者が、付け替えた錠と格闘しつづけていた。

こぶしでドアをたたく音がした。

「入れろ。ドア開けろ、このみじめなマンコが」

ソファに釘付けになったまま、やつがアドレナリン全開でドアを蹴破りあたしを殺すんじゃないかと恐怖におののいた。

今度は肩でぶち破ろうとしていたが、とうとう痣《あざ》をつくって打ちのめされ、やつはあきらめた。退却していく足音に耳をそばだて、じっとそこにすわっていた。

スコッチのボトルがこっちを見つめていた。やがてあたしはそれが発するメッセージを受け取り、クロードの空っぽのグラスを満たした。ウィスキーに助けられて数分経つと動けるようになったが、ソファからは離れられなかった。また電話が鳴っている。きっとクロードからだ。

マキシーンの雄叫びを聞いてどれほどワクワクしたか、想像してもらえるだろう。

「ハリエット」と彼女が有頂天になって偉そうに甲高い声を上げた。「クロードから電話があって、あなたに締め出されたって。ハリエット、ほんとなの？　あなたすっかり頭がおかしくなっちゃったの？」

返事はしなかった。

「ハリエット、そんなことしちゃだめ。法律違反なんだから。ジェリーがクロードと話して、そう伝えたの。クロードには、道にいる警察官ならだれでもいいから連れてきて、あなたを家から追い出す権利があるのよ」

自分の邪悪な裏切りをジェリーのせいにするとはマキシーンらしい。

やっと声が出た。「裏切り者。薄汚い裏切り者、汚いユダヤ人、同類を攻撃するなんて」

「でも違法よハリエット。あなたは不法侵入してるの。ホテルに行くお金を渡したってクロードが言ってたわ。気の毒に、彼のなにがほしいっていうの、血？」

受話器が手に溶接されだした。「あんたと醜いデブの旦那、イスラエルで木から首吊るべきね、ユダ、殺人者」受話器をバシッと置いた。頭を抱え、自分を取り巻く憎悪に満ちた共謀を嘆き悲しんだ。ほどなく、全ゲシュタポが階段を行進して上がってくる音が聞こえた。グラスにスコッチをまた注ごうとしたら、手元が狂ってテーブルに半分こぼしちまった。

「その方、ほんとに中にいるんですか？」とダミ声が訊いた。

「います」

「開けなさい、法律です」連中はSSアカデミーで、ドアのたたき方、閉じ込められている犠牲者の意志と希望と命を凍らせる方法を教え込まれているのにちがいない。

「開けなさい、開けないならドアを蹴破りますよ」

わが民族は、幾度このような野蛮な言葉を聞かされたことか。あたしは聞き飽きていたから、運が尽きたロボットみたいに立ち上がり、ドアへと歩き、新品の錠を開けた。

ゴリラが三頭、部屋に押し入ってきた。数えた。クロード、シャルル、そして紺色の服に身を包んだ見たことのない悪党。

「あなたは」と悪党が言った。不正と腐敗に満ちた細く淡い青色の目。「法的な権利のある居住者の住まいに不法侵入しています。騒がず退去しなければ、こちらの紳士は、裁判官の前に出るよう求める裁判所の命令にあなたを従わせる権利を行使できます」

「紳士？　どこ？　だれが？　あれは」とクロードを指差し、「変態。そしてあれは」とシャルルを指弾し、「ヤク中」。

「もめごとは困ります。わたしにはあなたを強制退去させる権限はありませんが、騒がずに立ち去ることをお勧めします。錠を交換するのは私有財産の侵害と見なされますから」

「では」とクロードがたっぷり賄賂を受け取った子分に言った。「奥へ行って彼女の身の回りの物を荷造りしたいのですが」

「あたしの持ち物壊したら承知しないよ」やつのあとから寝室へ入っていった。

クロードがあたしの山羊革の袋をベッドに放り投げ、そのたるんだ腹みたいな袋に曲げ木椅子の中身を押し入れた。しゃべらずに手早くやった。

「待ってよクロード、なにしてんの？　シャルルにヤク盛られたの？　極悪人に、嫉妬深いおかまにさ」

クロードが口を開いた。「シャルルが車で来てくれた。放り出したりしないよ、その状態ではね。チェルシーホテルまで送っていく」

「お金ない」

「百ドルどうしたんだよ」クロードが雷鳴のごとく罵声を浴びせるのを聞きつけたシャルルが、寝室のドアのところに姿を現した。

「知るわけないいっしょ。ジョーの店でハンバーガー一個食べた。タバコ一箱買った。そしたらなくなってた」

「これ以上はびた一文渡さない」

シャルルが恋人にフランス語で話しかけた。「何事だ?」

「もっと金よこせってておれを脅してるんだよ、こいつ」

シャルルがポケットから札束を引っ張り出した。「いまは金の心配してる場合じゃない。ぼくが金をやる。彼女を追い払うことが重要なんだから」

フランス語で金は重要じゃないという言い方があるのを発見したのは、ささやかな奇跡だった。

「けっこうよ」とあたしは英語で抵抗した。「あんたの金なんかいらない。麻薬中毒の子どもたちからせしめた端金《はしたがね》なんて」

オマワリが寝室まで押し入ってきた。「どうしたんですか?」

「このおかしなしゃべり方聞いてよ。この人たちなんて言ってんの？　外国人スパイ二人。この人たちにアメリカ市民をドブに投げ入れる合法的な権利があんの？」

「これで持ち物はすべてですか？」とチンピラが親分に丁重に訊いた。

「ちゃう。ツナ缶持たずに出てくのだけは断る。それから、電気缶切り持ってく」とあたしが挑戦的に言った。

クロードは図々しくもシャルルに向かってぐるりと目玉をまわして見せてから、丸めた紙幣をあたしのジーンズのポケットに押し込んだ。

「なくすなよ」とやつが胸の悪くなるようなフランス人特有の用心深さで言った。そして――

「用意はいいか？」

「あと一つちょっとしたことがあってさクロード。念のため言っとくけど、あんたがあたしを追い出すんじゃないんだからね。この半年、あたしはあんたを救ってあげようと、人間の力でできることはすべてやった。もう降参。はっきりさせておく、あたしはがんばった、でもあんたを捨てる」

8

どれだけ眠ったのか見当がつかない。というのも、独房で目が覚めたときそこにはいろいろなものがなくて、いちばんないとはっきりわかったのはラジオ付きデジタル時計だったから。陽が射さない部屋で、壁にかかる影から時刻を判断しろと？　あたしがシュパンダウ戦犯刑務所で目を覚ますルドルフ・ヘスだということだけは確かだった。弁護士の主張どおりヘスが狂っていて被害妄想狂なら、起きたらあたしになっていることほど最悪なことはないだろう。あたしはでこぼこの窮屈なベッドに横たわり、ほころびがひも状に垂れている薄っぺらなマットレスのせいで体が生涯不自由になったことに静かに気づいた。ダンサーだったら損害賠償を請求できることとまちがいなしだが、個人的な理由で健康な脊柱があればいいというあたしみたいな素人は訴訟にならない。頭の向きを変える力もない。これほどまでに疲れを覚えたことのある人間なんていないんじゃないか。頭の中に、ごく新しい、鮮明だが訳のわからない一連の光景があった。クロードがあたしのバッグをシャルルの車の後部座席に放り込んでいるところ。

絵画や吊られた金属のオブジェや蛍光灯といったもので醜悪なホテルのロビー。やせこけたハゲの夜勤があたしを無視してクロードに鍵を渡すところ。クロードがドアの鍵を開け、茶色いシミがついた緑と青と黄色のリノリウムの床にあたしの全財産を投げ捨てるところ。

裂け目や焦げ目の下から茶色い不毛な層が見え、それはまるで痩せた地面が胴枯れ病に襲われたように部屋中広がっていた。半世紀のあいだ四十ワットの電球に屈して黄ばんだランプシェードが、病変した茶色い斑点をベッドの横で散らしていた。なんであれこの部屋を蝕んだものは伝染性に決まっているから、次はあたしがやられるはずだ。

腹の中でなにかが進行していた。空腹なのかもしれない。ただ、食べ物の通り道が胸に届いたとき脇にそれたから、空腹ではないとわかった。口が乾き喉が閉じたから、この感覚が食べ物と関係ないのは確かだった。新たな前線でひとりぼっちだということが問題なんであって、臆病な腹がニュートラルコーナーへ逃れようとしていたわけだ。それは望みどおりにリングを這いずりまわることができたが、あたしの残りの部分がなくてはどこへも行けなかった。

疑問と議論が頭の中で形になってきて、気弱な言葉をいくつか吐いたあと消えていった。筋道立てて自分に言い聞かせるより、頭パーな追い剝ぎと気楽に会話したいと思うことがある。ともかく、答えを役立てられないなら、質問がなんの役に立つ？　人生で最もフェアじゃないことの一つは、現在がたちまちコソコソと過去に逃げ込み、いったんそこに収まると、大昔の出来事の一部になってしまうこと。昨日という日は去った、それがあたしの昨日あるいはクレオパトラの昨日だったように確実に。エジプトを失ったからとかクロードを失ったからとかいう理由であたしがこの独房にぶち込まれたのだとしても、恐らくＭＧＭを除いてはだれにもどうでもいい話。あたしほど孤独な人間はいない。囚人たちは囚人仲間とともに目覚め、面倒見のいい看守たちが鉄格子を鳴らすなか、穏やかに日々を過ごす。ガン患者たちは死にゆく患者たちが発する親しみのこもったうめき声に囲まれてガン病棟で目覚め、看護師と医師は彼らが跡を汚さず死んでいくのをかいがいしく手助けする。ゲットーの黒人たちは、場所を確保しようと互いの顔を押しのけて手足を突き出しながら、混み合った寝床で目を覚ます。あたしだけがひとりぼっちで取り残され、がんばろうとする目的もなく居場所もなく、眠りと虚無のあいだにぶら下がっている。あたしほど人間賛歌に無関係でそこから除外されている者がいるだろうか。

埃だらけの一輪の緑色のバラに両足を埋めて、ベッドの縁に腰かけていた。足の指でツナ缶に触れた。こんちは。あたりにあるものを確認した。部屋の片隅には、欠けて茶色いシミがついた流し。その上にフレームに入った四角い鏡があるが、ガラスはハドソン川と同じほど汚れている。その炭酸水みたいな表面に汚染された魚が漂っていても不思議じゃない。半分上がった深緑色のブラインドが泡に反射している。流しの横には、腰までの高さしかないプトマインにやられた冷蔵庫。その錆びた蝶番《ちょうつがい》からドアがぶら下がっている。ベッドの向かい側の壁の前には、粗雑に彫りが施された、奥行が狭く横に長いブロンクス・バイエルン風テーブル。壁に押しつけられているそのテーブルの両脇には、まっすぐな背もたれがついた黄色いビニール座面の台所用の木製椅子。部屋は過剰なほど自殺防止仕様になっていることに気がついた。手首を切って浸ける浴槽はない。首を吊る梁はない。窓はペンキで塗りつぶされていて、衝動的に飛び出せない造りになっている。拳銃があればやり遂げられるかもしれないが、それって男のやり方だしな。

鏡の前へ行くと、顔が溶けていた。タオルは贅沢品ということらしく、石けん、歯ブラシ、歯磨き粉もない。言うまでもなく、おしっこする場所は薄汚い盥《たらい》。イラン王妃とちがって、あたしは日頃ポータブルトイレを携帯していない。震える指先でジプシー風の自然なもつれ毛をアレンジし、できるだけ顔を隠した。

仕方なく身支度したものの、なんとこのあたしが、ドアを開けて部屋から出ていくのが怖くて足がすくんだ。体の前で両手を握り合わせ、心臓バクバクさせて木の椅子にすわり込む。まるで廊下が、階段が、ロビーが絞首台への階段だというように。まともに考えられたらいいのに。だけど、頭の中がスパゲッティ入れた鍋みたいに沸騰した状態では考えられるわけがない。

体の下のほうにいる怪物どもをなだめようと、ツナ缶、ネスカフェ、クレモーラ、マヨネーズを壊れかけた冷蔵庫に閉じ込めた。コンセントを探した。電気缶切りを持っている人間は捨てたもんじゃない。そうだな、田園風景を描いた素朴な絵を数点買い、カーテンをこすり洗いし、タバコの吸い殻を掃き取り、明るいベッドカバーを調達し、椅子を病院のような白に塗り、テーブルの塗装を剝がしてワックスをかけ、ベッドの足下には小さな円形の手編みのラグを敷き、香りのいい新鮮な花をたくさん飾ろう。〝謎のお嬢さん、掃除用具入れを居心地のいい隠れ家に一変させる〟。

計画が形になってきた。まず薬局で石けんとブラシ、ネイル用の細棒、歯磨き粉、ポマード、入浴剤、ナイトクリームを大量に買い、清潔さでまばゆいばかりに輝いて社交界デビューを飾る女性になる。どなたかしら？　存じ上げませんけれど、あれほど清潔な方、見たことございませんわ。

ドアに向かって歩いていくと、導きの天使がサンダルを履けと言ってくれた。大理石の廊下とアーチ型の天井は国葬に対応できるよう設計されていた。あたしの足音はがらんとした霊廟《れいびょう》に反響し、その孤独な音は汚らしい壁で跳ね返った。頭を高く上げ、ナポレオン時代風の階段を降りていった。自分が堂々たる姿勢を取っているのは、頭蓋の底から踵《かかと》の裏まで凝り固まっていたからだと気づいて震えた。脊髄膜炎に猛攻されているのだろうか。鉄の肺は、この世界を映し出している傾いた鏡は、あたしの運命なんだろうか。これほどおぞましい見通しに恐怖の震えを感じない者がいるだろうか。両脚が崩れていくのがわかったが、フロントに飛び込み、すんでのところでそこにつかまり、ヘナヘナ崩れ落ちて意識のない塊になるのは避けられた。

「228の者です」と自分から言った。「手続きしたほうがいいと思って」

受付係は返事もせずに大きな台帳を指で下へとたどりはじめた。「あなたはハリエット……」と言いかけたところで、あたしは相手を止めた。ストレスにさらされていても、あたしは昼寝なんかしていない。

「ちがいます。彼女はあたしに代わって予約してくれただけ」双方が、無理矢理やらされているくだらないゲームに笑みを浮かべる。「あたしの名前はステファニー。だけど」と宿泊簿にサインする。「友人のハリエットに電話や手紙が来たら、彼女に連絡がつくのはアメリカじゃあたしだけなんで」男はくすんで血の気のない検視官のような指をページに沿って走らせた。

「お客様のお部屋は九月二十二日までお支払いが済んでおります」そして喜劇の仕上げにこう付け加えた。「ご満足いただけておりますでしょうか」

「それはさあ」あたしは横柄に答えた。「なにに満足してるかによるわね」

ま、最初の障害は乗り越えた。問題に正面から立ち向かうことほど人間の精神に活力を生じさせることはない。背骨がリラックスした。ロビーはさっきの廊下のようにだだっ広く、話されている言語が異なれば、あたしはサンクトペテルブルクの冬宮殿にいると断言できただろう。

五百メートルは離れたところにある回転ドアに目を凝らすと、長髪のフリークどもの寄せ集めが視界の隅に入った。全員が縁飾りとビーズをつけ、赤いベンチで前かがみになり、ギターケースとアンプをそっとなでている。あたしは、そのアホな糞の山の悪臭のド真ん中に倒れ込んだら最悪だと思い、歩調を速め、回転ドアをするりと抜けた。

七番街を逃げていった。サンファン出身なら、ここはすごく居心地がよくて友好的な場所だったろう。あたしはあたしだから、表示ひとつ読めないし、食料品店のウインドウの果物や野菜もなにひとつ見たことのないものだった。いちばん動揺したのは、あたしに向かって投げつけられる多くの申し入れや舌打ちが理解できなかったこと。ホテルから離れすぎてはいけない、と心の中の声が案じて言った。二十三丁目に戻るのは下船するのに少々似ていた。生存本能に導かれ、ホーン&ハーダート（オートマット「自動販売・セルフサービス」で知られる食堂）へ行く。そこには一握りの五セント玉に両替してくれるご婦人はいなかった。プラスチックの花と本物に見せかけた煉瓦の壁紙に法外な投資をするようになってから、法定通貨である五セント玉はもうビーズや小石のようなもので、使えなくなった。テーブルは、コップの水の中で悲しみを溺れさせている大勢の人たちであふれていた。

なぜかあたしは、湯気を立てる食べ物が並ぶカウンターに沿ってトレイをすべらせながら、実家のテーブルでやっとの思いで飲み下した食事のことを思い出していた。母親はダガンのカップケーキの大祭司で、空腹にならないことで有名だった。食卓にもつかないのに、体重は堂々百キロ。「なんでかしらね」と、あたしの皿に載ったくすんだ色の刻んだレバーの山にフォークを突き刺しながら言ったものだ。「全然食欲ないの。おいしい？」と、母親は自分の口の中にあたしが住んでいるとでもいうように訊く。おいしい？　それは刻んだレバーで、刻んだレバーの味はただ一つ。彼女の味。あたしの向かい側にすわっている父親は妻を見上げ、暗号でペプシコーラを頼む。母親がダガンのカップケーキ派なら、父親はペプシコーラ派だった。母親はため息をつきながらアイスボックスへ行って戻ってくると、夫が瓶からコップに全部移すのを眺め、それからそのコップを勝ち取ろうと夫と競う。必ず母親が勝つ。曲芸師ではない父親は、瓶を置き、右手でブツを仕留めようとするものの、ほんの一瞬の差で負ける。

「まずい」と母親は言いながら、父親の飲み物をガブガブ飲む。「こんな毒、よく飲めるもんだわね」この女が家族のためにすべての食料を平らげたのになぜわれわれが急性栄養失調にならずにすんだかは、医学にゆだねるべき問題だ。

「母さん」とあたし。「すわって食べなよ」

「わたしが食べる？」母親はあたしの手からロールパンをつかみ取り、歯で引きちぎる。「あなた頭おかしいの？　わたしが食べるわけないでしょ。あなたとお父さんみたいに食べたら破裂しちゃうわよ」

「エセル」と魅惑的なわが夕食の相手が言う。「まだペプシコーラあるか？」

「あなた今日六本も飲んだじゃない」母親は父親に数を言い渡し、父親のコップの底に残ったカスであたしのパンを流し込む。「あなたに追いつける人いないわよ。あのね」と大仰にキッチンを指し示す。「あたしケース単位で毒を注文してるんだから」おっしゃるとおり、キッチンに積まれているのは、記念碑、空のケースのピラミッドだった。

母親は食べていないときは眠らないことに専念していた。毎朝目を開くたび、十六時間寝ておらずげっそりした母親の顔があたしの上にぶら下がっている。「今晩、お夕飯なにがいい？」と張り詰めた声で訊く。食い意地張った外の世界がわれ関せずで寝ているあいだ、エセルは横になってなにを作ろうかと考えながら暗闇を見つめている。言うまでもなく、あたしが頂戴するのはその日施設が出してくれるもの。母親が焦げた小さいミートボールをあたしの目の前に放り投げれば、今日は火曜日だとわかった。コロンブスが、ニヤニヤ笑うエキストラたちはインディアンだとわかっていたように。

あたしはこのカフェテリアが供するゴミの煮込みが入った大樽を調べた。立ちのぼる湯気で皮膚が溶けてしまったように見えるガリガリに痩せたアル中が、あたしがどれにするか決めるのを待っていた。

「後ろ詰まってますよ、お客さん」やつの老けた声が蒸気から漂ってきた。確かにあたしの後ろでは、うなりながらトレイを運ぶ群れが刑務所暴動を起こそうと構えていた。あたしは正常な人間だから、そういうプレッシャーをかけられた状況で自由に選ぶのは容易ではない。囚人たちが賢くも研いで短刀にしたフォークで引き裂かれちゃたまらないから、大あわてで煮え立つ接着剤が入った鍋を指差した。それはあらゆる食べ物の中で最も食べられない代物、タンシチューであると判明し、タンの味覚芽は死後硬直していた。やつに皿を手渡されると、あたしはそれをトレイの真ん中に置いてデザートに向かって行列を誘導し、愛国心を証明するため、くさび形のミンスミートパイを選んだ。この人はアメリカ人、とトレイが横柄に宣言、あたしが五ドル札をレジ係の女にサッと見せると、彼女はあたしに笑いかけた。窓際のだれもいないテーブルについた。

カフェテリアの礼儀作法を習得していないものだから、カトラリーを取り忘れた。フォーク二本と汚染水を入れたコップを手に戻ったら、テーブルに侵入者がすわっていた。彼の前に並んでいた食べ物は――ブラウニー、チョコレートプディング、チョコレートアイスクリーム、チョコレートエクレア、デビルズフードケーキ。あたしはタンシチューを押しのけ、ミンスミートパイの謎に集中した。

「食べられないんですか?」凝固したタンが乗った皿に向かってその男子が手振りした。あたしはなんということもない彼の発言にどう反応したらいいのか迷った。無視したらすぐさま襲われるかもしれない。答えたら強姦されて切り刻まれる。凶暴な目的からこいつの気をそらすには、分別ある策略が必要だ。

「吐き気もよおすのよ、タンて」と率直に答えた。

「なぜ注文したんです？」

「あ、それはねえ」あたしは笑った。「嫌いだってこと忘れてたの」

「ぼくにはお見通しですよ。列を動かす必要があったからですよね」

「実はあたし、オートマット調査官なの」

「オートマット調査官？」われわれ調査官に会ったのは初めてらしく、感心した様子。

「なにを調査するんですか？」と、彼はチョコレートが粘りついた喉で咳払いして、礼儀正しく尋ねた。

「それはほら、クレームの中身によるわね。あたしの担当は食品」ヒントをやった。

「調理が基準を満たしていないとかですか？」

「ううん、基準なんて問題にしてないわ。少なくとも」と訂正。「調理に関しては」

「食材がよくないとかですか？」

「核心に近づいてるわね。いいかしら、組織の外のほとんどの人が知らないこと教えてあげる。統計的には、あたしたちは一か月間に、缶スープの会社すべてが一年間に発生させるよりも多くのプトマイン中毒を相手にしてるの」

「ワオ」

「その中毒者全員が集まって、ってもちろん集まれはしないけど、彼らの相続人たちが手を組んだら、たぶん」と両手を上げる。「ま、たぶん彼らは望む相手を大統領に選べるでしょうね」

「ほええ、マジすか？」

「あのね、あたしたちはそれを避けようとしてるのよ」と会社を忠実に擁護した。「それがあたしの仕事。たとえば、卵サラダサンドイッチが一年半ガラスの檻に入ってるって報告を受けたとするわよね。あたしたちはだれにもそのサンドイッチを食べてもらいたくない。と同時に、ガラスケースは多すぎて追跡しつづけられない」

「デザートは心配ありませんよね」手をつけていないエクレアを悲しげに見つめる。

「フッ。ベトナムにわれわれのデザート投下したら戦争終わらせることができるわよ、われわれに国を譲り渡す人間がまだ残ってたらの話だけど。このミンスミートパイ見て」と忠告。

「緑色のポツポツがあるでしょ？」

「緑色のポツポツなんて見えません」男子はいきなり立ち上がり、「行かなくちゃ」ともごもご言った。あたしの目の位置をまちがえたらしく、視線は頭頂をかすめた。あたしはいつしか彼に引きつけられていた。なにせある意味、ニューヨークでたった一人の知り合いだから。

「コーヒー飲む？　おごるわよ。店のおごり。約束する、コーヒーによる死者は出たことないから」

「ぼくコーヒー飲まないんです、お気づかいありがとうございます。じゃ、調査がうまくいきますように」

「名前は？」と背後から呼びかけたら、だれかがチャンネル変えたみたいに画面から消えてしまった。ニューヨークは冷たい街だと人は言うけれど、どういう意味なのか初めて味わった。ブルルル。アテネでもパリでもプラハでもどこででも、食品衛生監視員に会ったらその人の言うことにしっかり耳を傾けるけどな、あたしだったら。

　ドクター・キルデア（同名のテレビドラマ。医者が主人公）風の血がついた厚手の上っ張りを着たホームレスが足を引きずりながらやって来て、天然痘感染のエキスに浸かっていたみたいな布で機械的にテーブルを拭いた。

　通りに出てさっきの男子を探した。そのときになって、かなり惹かれていたことを自覚した。彼はあたしが追いかけるものと期待していたのか？　見つけて、あなたの世代の交尾の習慣は心得ていなかったと伝えられたなら。どうして宿泊先だけでもおしえなかったのか。そんなことを考えていると、ホテルの入口に着いた。中に入った。

　初めて見る受付係――こいつは完全に女装している――が持ち場についていたので、あたしはすっとぼけて言った。「友人のハリエットに伝言ある？」

「お部屋はどちらですか？」

「228」

空っぽの箱をチェックする。「ございません」

「電話してきたけど名前言わなかった人は？」

「わたしが持ち場についてからはいらっしゃいません」

「じゃ、だれか電話してきて名前言わなかったら、伝言受け取らないでね」

エレベーターには人があふれていたが、見失ったあたしのかわいい男の子はいなかった。部屋の外の壁に寄りかかってもいなかった。ドアの鍵を開けながら、彼がベッドにいないのを発見する心の準備をした。いつものように、あたしの予想は当たった。空っぽのベッドに横たわり、買い忘れたものをすべて思い出した——歯磨き粉、石けん、歯ブラシ。部屋が暗くなってきた。目を閉じた。あの子がどうしようもなくなるほどあたしと関わりを持つ前に解放してあげたのは、賢明だったのかもね。初めは魅力的に思えた彼の若さに結局退屈しちゃったかしら。あたしのレベルに到達するまで教育してあげようとしたかしら。

ぐったりしながらベッドを離れ、冷蔵庫に近づいていった。見ただけで鉛中毒になりそうだ。ツナ缶を開けた。そろそろ暗くなってきた。フリップ・ウィルソン（テレビの人気黒人コメディアン）の番組見逃した。だからなに。ほぼどんな基準に照らしても並外れた人間であるあたしが水銀中毒で苦しみながら緩慢に死にゆくあいだ、世の中はフリップ・ウィルソン見てりゃいい。空になったツナ缶を冷蔵庫の上に置いた。横になった。明日オートマットに戻り、あの男の子にもう一度チャンスをやり、フォーク数本、スプーン一本、ナイフ一本くすねて、意味のある人生を送ろう。

9

たちまち目が覚め、恐怖にかられた。キングコングが胸の上で丸まって昼寝をしているような感じだった。部屋は暑く、そして静まり返っていた。奇妙な音が聞こえたが、それは自分が息を切らしている音だった。このとてつもない重さに耐えながら、眠りから走り出てきたというように。目を開けるのが恐ろしく開けないでいるのも恐ろしいから、選択肢は限られている。開ければおぞましいものを見てしまうかもしれないが、開けなければ目に見えない存在を相手にヒステリックな不安でいっぱいになり、どっちにしたってそれに捕まるだろう。目も口も開けられないとわかったとき、決心がついた。見ることも、声を上げることも、動くことも、暗闇と沈黙の中にあたしを閉じ込めているまぶたを持ち上げることもなかなかできない。あたしは寝ているのか、半分寝ているのか、それとも死んでいくところなのか。わずかでも体を動かし、一つでも言葉を発することができたら、完全に目覚めて救われるだろう。引きつり一回、まばたき一回でも十分だが、そういうちょっとした動作をするにもとてつもなく骨が折れる。

体が固まって石像になってしまった。冴えて取り乱している頭は、この状態に無理に逆らえば死んでしまうからリラックスして麻痺状態になれと要求する。あたしの望みは、降参し、暗闇のてっぺんまで漂っていくことだけ。言うは易く行うは難し。敗北してそのまま横たわっていると、奇跡的に悪の呪縛が消えてまぶたが動いた。幸運なあたし――魂を腐らせるチェルシーのじめじめした環境に身を置いていることに気づくために、こんな地獄を抜けるだなんて。なにかがひどくおかしい。しばらくその症状を認めないようにしていたが、いつまで現実と闘える？　皮肉だ。あたしは母親が結婚生活中ずっと予測していたもの、すなわち、命に関わる心臓発作に襲われていた。

　左腕は、指先からぐっしょり濡れた腋の下まで、極度の痛みを感じたショックで震えていた。腕を動かすことを想像するのさえ、言葉では言い表せないほどの勇敢な行為。あたしは古典的なスタイル、ジーンズとシャツに身を包んでいたが、全身びしょ濡れだったから、血がたまった場所を歩いていたのかもしれない。目に見えないヘビが巻きつき、ヌルヌルと冷たく致命的に締めつけ、激しくうねるあたしの胸を砕いた。自分を偽り心臓発作など起こしていない振りもできたかもしれないが、体のパーツごとに目を覚ますのが習慣だとでもいうように、あたしの片腕は眠ったままだった。自分の状態の深刻さに向き合うことにしよう。遊び半分の実習生が引き取り手のない遺体をどう扱うかなど言うまでもない。ともあれまだ生きているあいだは、戦って、治療を受けることにした。

　無駄に助けを呼ぶのはやめにする。隣りの部屋の変態に安上がりなスリルをくれてやることはない。ベッドから起き上がり、増水した川のように押し寄せる蒸し暑い暗闇の中、身を引きずっていった。問題ないほうの腕で打ちひしがれた腕を抱えつつ、やっとの思いでドアまでたどり着くと、問題ないほうの腕でドアを開けた。オリンピック級の偉業ではあるが、金メダルはもらえないだろう。よくそんなことができたものだ。気がつくと醜くだだっ広い大通りのような廊下にいて、めまいに襲われ吐き気をもよおした。廊下は不自然にひっそりして無人で薄暗く、空気はよどんでいるがあたしの狭い独房ほどは息苦しくない。壁にはしっかり鍵がかけられたドアが並んでいた。自分が放射能災害の唯一の生き残りでもうすぐ犠牲者仲間に加わろうとしているところか、あるいはもっと悪いことには、あたしはとっくに死んでいて、死は出演者が一人しかいない生の真似事でしかないという擬似的な感覚をおぼえた。痛む頭をこういうくだらない考えに爆撃されていたとき、無言のドアの一つがわずかに開き、そこからやせた人間がするりと廊下に出てきた。性別は見分けられなかったが、心臓発作の症状を呈しているときに細かいことにこだわってなどいられない。重要なのは助けを求めることであり、ロマンスじゃない。そうは言っても、強姦強盗かもしれないやつとか、女のうぬぼれだけで中身が空っぽなやつに、自分が魅力的だと映っているかどうかは知りたいところだ。

あたしの前にいる人物は、クリネックスみたいに薄っぺらで漂白されていた。張りのない長い黒髪の束が、骸骨のような顔のまわりに漂っている。クロードに無理矢理連れていかれた日本のホラー映画を思い起こした。サムライかなんかの主人公が魅惑的な東洋の美女としつこく交わり、当然のごとく女は頭のてっぺんにヘナヘナした黒い髪の束をくっつけた骸骨に変化《へんげ》する。それを見てあたしとサムライは気が狂いそうになった。言うまでもなくクロードは、それを美しい、意義深い、と思った。やつの洗練された趣味に応えるには、ジャップを何人拷問したって足りゃしない。

あたしは亡霊に呼びかけた。「ちょっと、ちょっとそこのあなた」

照らされた二つの大きな目のくぼみが、虚ろにこっちに向けられた。

「こちらへ来てくれませんか、お願いします」死体に表情があるとするならば、これは怯えた表情と言わねばならないだろう。あたしの声は、無人の長い廊下にいる幽霊の夢想を邪魔したらしい。亡霊はおどおどと鼻を鳴らした。クモの糸めいた髪の毛が、やせ細った顔にちりめんのヴェールのようにかかっていた。

「お願いします」あたしは、それがこっちに近づいて来たらなんと言えばいいか定かではないまま繰り返した。わかっているのは、その男、女、人間、もしくは霊と接触しなければならないということだった。そして、男だと確定した。ぶつかり合って振動する無数の小さいベルの音が奏でる繊細な調べをその十本の指で響かせている人に対してそう特定できるなら。あたしが立っている位置からでも相手のにおいがわかった――お香と麝香《じゃこう》の重たくクラクラする侵入してくるようなにおいが独特な衣服からしみ出していた。これほど香りをまとい飾り立てた人間には会ったことがない。ブルージーンズ一面に絵が描かれ、刺繡がほどこされ、文字が書かれている。彼はボタンとメッセージですっかり覆い尽くされていたから、未来の世代が死海文書のように解読するタイムカプセルに閉じ込められていたのかもしれない。

「おれに話しかけてんの？」手がチリンチリンと鳴って伴奏した。警戒感に満ちた表情は消えない。

「聞いて、傷つけたりしない。実際その逆。助けてほしいの」

「ヴィクターがあんたをよこしたわけだ」と彼が十歩分は離れたまま単調に言った。「で？」と、音楽を奏でる両手を細い腰にあて、腹を立てている人をまねるような姿勢をとった。「あいつ、今度はどういうくだらない脅しを考え出したんだ？」すぐに、自分の攻撃的な態度が怖くなってきたようだった。「おれを引き戻そうとしても無駄だ」と、不機嫌な声で言う。「やつに伝えてくれよ、おれの両親はなにもかも知ってて、おまえかおまえの卑劣な奴隷のだれかがおれに嫌がらせを続けるなら、警察に行くつもりだって。さっきそのことをロジャーに言ったら、彼は約束した」涙をためて防御態勢を強める。「約束してくれたよ、腐った卑劣な言葉で。

ヴィクターはきみを大切に思ってる、きみが健康を回復して彼のテーブルに戻ってくれる日が来ることを祈ってるって。彼のテーブルにだとさ」と、気が変な笑いを一瞬吐き出した。「おもしろいよな」

あたしは彼の独り言を終わらせようとしてみた。

「そこ、あなたの部屋?」と友好的に尋ねる。「もしそうなら、あたしたちは隣人同士。ここがあたしの部屋」親指で背後のドアを指し示す。「だけどものすごく暑くて、危ないところで脱出したの。あなたの部屋、やっぱり狭くて不快? この汚らしいちっちゃい穴蔵って全部そうなの? あのね、信じられないかもしれないけど、あたし自分が心臓発作起こしてると思い込んじゃって。ありがたいことに、窒息しかけただけだったんだけど。もしかして、あなたの部屋にエアコンあるの? すごく涼しそうにしてるから」

「おれの部屋じゃないことぐらいわかってるだろ」と言うと、彼はサンダル履いた足を踏み鳴らして怒ったふりをする妙な仕草をまたやってみせた。まるで、恐怖以外に表情はないが、すでに別の表情を練習済みだからあらゆる的確な身振りができるという感じだった。

「無邪気なお嬢さん、なに企んでるんだ? おれキチガイかもよ」とタンポポみたいな髪を誇らしげにサッと振り、勝ち誇ったように言う。「それにはニューヨークじゅうの専門医が同意するだろうけど、おれはバカじゃない」

「ほんとごめんなさい。あなたの知性を侮辱するつもりなんてなかったんだけど、言ってることほんとにわからないのよ。たとえば、ヴィクターとかロジャーとか、聞いたこともないもの」

「ああ、そうだろな」頭蓋骨のニヤニヤ笑いが引き伸ばされ、鋭い鼻が奇妙な具合になっていた。「すべて偶然だ。ロジャーに会ったばっかのところで、あんたが夜中の一時に廊下で涼んでるとこにたまたま出くわしただけだよな」

「一時」あたしはゾッとして繰り返した。「まだ一時なの？」せめて翌日の午後だったらと願っていたのに。このペースなら、あたしの人生のひと晩が過ぎるのに長々と一年かかり、老化は悲惨なまでに加速する。

彼が後ろに下がった。「やれよ。行ってロジャーに報告しろよ。おれは脅されないって伝えろ。ヴィクターがいくら大勢の性悪女どもを、復讐の女神どもを送り込んできても、おれのことは取り戻せないって伝えろ」そう言い終えると、大騒ぎになったハーレムみたいに麝香のにおいをプンプンさせながら、ドカドカと廊下を駆けていった。

追いかけようと思わなかった理由その一——彼の妄想を打ち破る能力が自分にはないと思ったから。その二——ドアが、さっきと同じドアが開き、また別の風変わりな生き物を放ったから。今回は、くつろいだパーティーの音がまちがいなく聞こえてきた。低い声、柔らかなボンゴの音、抑えた笑い声。あたしは前世を参照して最後に出席した夜会を思い出さなくちゃならないところだった。つまり、難民の一団と過ごして、連中が最後に作った手料理のことを熱心に語り合うというクロードが考える楽しい夕べ。パリでは、だれが小切手を切らされるのかわかるまで、それがパーティーだとはわからない。

数人の招待客が立ち去っていくところを見て、あたしは仮装舞踏会に参加するチャンスを逃がしていると結論した。その中の一人は滑稽なほど女だったから、男だと言ってもおかしくないくらいだ。このきゃしゃな男は、これまで男まさりの気性の女に耐えてきたため、ヴェロニカ・レイクのヘアスタイルにならって方向転換することにしたんだろう。

プラチナブロンドの髪が一枚の紙のように顔半分にかかっていたのが幸いだった。隠されている目にも公開されている目と同じ細工をしろとおっしゃるなら、仰向けに寝てシスティーナ礼拝堂の天井画を描かされたほうがマシです、あたし。

そいつに近づくと、片目を無数のエレクトリックブルーの触手で飾っているせいで、顔半分がタコになっているのがわかった。それでもあたしは、いつもの楽観主義を貫いて正常な人に話しかけるように話しかけた。最悪のキチガイでも、あたしの寛大さをありがたがるあまり、束の間正気を取り戻したりするからね。

「失礼ですが」とあたしは丁寧に言った。「ロジャーという方が、あなたがいま出ていらした部屋でパーティーをなさっているかどうかご存じですか？」タコ目があたしに向かってキラリと光った。分厚く塗りたくった上と下の唇がなかなか離れない。

「パーティー？」空気がそいつの真空になだれ込んだため、ポンと弾けるような小さい音が一つ鳴った。「ロジャーはパーティーなんて開かないわヨ」

「でも、さっき偶然会った友人に招待されたんです。ロジャーの部屋だと言ってました」

ヴェロニカの顔が複雑に痙攣したのを見て、脳卒中起こしてると思い込んだが、痙攣は自己封印した口で危険なほど抑えつけられていたあくびに変わった。彼女は社会性の欠如に恥じ入って、さっきまでのように表情を固定すると、別れのあいさつもせずに歩き去った。ともかくこの限られたやり取りのあと、あたしは廊下の反対側へと移動し、ロジャーのドアの前にいた。気分がすぐれず友だちもなく。

英国にならい、他人のプライバシーを侵害してはならないという思いに駆られているから、どれほど経ったかわからないが、ドアの外に立ったまま、緊急の行動を取るべきか慎重に行動すべきか迷っていた。すべての症状が激しさを新たにして戻ってきていたから、そいつらは気分転換で飲み物を飲みにしばらく席を外していたんだろう。汗をかき、吐き気をもよおし、震え、胸の奥でドクドクいっている過換気の哀れな心臓がいつのまにか拳《こぶし》になってドアをたたいていた。ボンゴの音が止んだ。あたしは自分のすすり泣きを聞いて驚いた。「お願いです、お願いだから中に入れて」

　すると、スーザン・ヘイワード風の赤いかつらをかぶりネグリジェを着た背の高い女が、ドアの前に家具が積み上げられているかのように、ゆっくりとドアを開けた。小さな銀のスプーンがついた細い革ひもを首にかけている。

「リビーじゃないよ」と女が肩越しに言った。

「だれ？」と男の声がした。

「どっかのテンパってる女」目の前でドアを閉めようとする。

「お願い」あたしは彼女をさえぎった。「ロジャーに会わせて」

「ロジャーになんの用？」

「気分が悪いの。救急車呼んで」

「救急車呼んでってさ」

「だれだよ」

　隠れた聴衆に向かってハリエットという名前を口にするのがいかに不可能か説明することはできない。それを口にするときは、その場で聞き手の反応に対処する必要がある。子どもにハリエットと名付けるのは、平凡な人間になることを運命づけるようなもの。

　だまってて正解だった。ロジャーという人物の声が近づいてきた。「そこでしゃべってないでさ。ひとりきりなら中に入れてやって」

ドアがさっきより大きく開き、ひんやりした空気が漂ってきた。このゴミ捨て場にはエアコンがあったというわけだ。汗だくになる狭い部屋を貸すのはクロードにおまかせ。スーザン・ヘイワードの背後では焚き火が輝いていて、それは天井の真ん中から宝石みたいに吊るされた赤い電球がつくり出す効果だった。上半身裸、シルバーのバックルがついた幅の広いベルトとリーバイス以外なにも身につけていないロジャーが、あたしを新しい宇宙に迎えるため炎から歩み出て、神のご加護を受けながら前進してきた。

彼の並外れて優れた人格を分かち合う特権を与えられる以前に、あたしは早くも彼のなかに、救世主とは言わないまでも同志を見た。若ハゲで肌が柔らかく淡い色の目という胎児タイプについてあたしが持っていた子どもじみた偏見を考えれば、めずらしいことだ。いや、あたしにあったのは、ぶっつけ本番の啓示、ロジャーの高度に進化した心的状態に対する瞬時の評価だった。言うまでもなく、そのときは気分が悪すぎてそれに気づかなかったが。

彼は廊下を念入りにチェックし、あたしがフラー・ブラシ社の訪問セールスマンの一団を従えていないことを確認すると、招き入れた。あたしは、ドアの鍵とチェーンが再び全部かけられるあいだ、だまって立っていた。

あたしの部屋は、ロイヤル・スイートにちがいないこの部屋の片隅に難なく収まっただろう。

分厚いカーテンがかけられた窓が三枚あり、その一枚はそっとハミングするエアコンを収めた誇り高い容れ物。肘掛け椅子、テーブル、システムキッチン、ラグ、そして離れた片隅には、ほとんど目を疑ったのだが、旧式の巨大なテレビがあり、音は消されていて、青っぽい灰色の画面では、明るい靄《もや》のように、寸断された線が旋回しジグザグに動いている。壁から引き出された二台の低いソファベッドが、焦点の合わないテレビ画面に対して斜めに置かれていた。あたしは、調節つまみを回して、と叫びそうになった。あたしの深刻な状態がこの痛々しい光景で悪化しそうになったのだ。うまく説明できないが、旧友が苦悶に身をよじらせるのを眺めているような感じ。

体が一つ、ベッドで手足を伸ばして寝そべっていた。スーザン・ヘイワードがテレビを調節もせずにそこへ行き、傍らに腰を下ろした。広々した部屋は生活感たっぷりで私的な雰囲気があるから、ロジャーはホテルの長期滞在客にちがいないと思った。あたしはあたりを観察するのに忙しく、ホストに話しかけられていることに気づかなかった。ロジャーの声はベルベットの手袋をはめた鉄の拳のような独特のもので、つまりそれは、超柔らかいが有無を言わさず引き寄せるということ。ロジャーの聞き取れないスピーチを聞くには少しばかり集中力が要るかもしれないが、最後にはとてつもない英知が与えられるから、ウィリアム・シェイクスピア全集の代わりにロジャーの聞き取れないセリフを一つわたしにください。

「え？」とあたし。

「どうしたのって訊いたんだよ」

「音も映像もなくちゃわかんない」

「あなたのことだよ。医者を呼んでほしいって大騒ぎしてたよね」

「すわってもいいですか？」とあたしは尋ねた。〝立ったまま説明恐怖症〟だから。

「気をつけなさいよロジャー」と変態がテレビコーナーから呼びかけた。「ホランド・トンネル（マンハッタンとジャージー・シティを結ぶ水底トンネル。トラックの爆発で人々が閉じ込められる大事故があった）抜けてくようなもんだからさ」

ロジャーは彼女を無視し、裸で仰向けに横たわっている娘を迂回して、大きなカエデ材の肘掛け椅子へとあたしをいざなった。「ここにすわって」と彼。あたしはなぜかとは考えない。ありがたく低いクッションに沈むと、気が遠くなっていった。頭から先に、空白へとどんどん降りていく。当然、見知らぬ人たちに囲まれて気絶するなんてゾッとした。あたしはばかげているほど社交上の常識を守る。処刑されるとき一生が走馬灯のように駆けめぐるという話があるが、奈落の底に呑み込まれている最中に、あたしを裏切った人間を一人ひとり徹底的に思い出す時間が十分あるように思えた。そのとき、これは単なる気絶じゃなくて、全能なるブタがあたしの口座を解約しているんだと気がついた。

「あたし死にそう」と大声を上げると、ロジャーにガッとつかまれ、前方にグイッと引っ張られた。ロジャーに対する印象は、ライオンの口からあたしを奪い返してくれた勇敢な英雄のそれとして、永久にあたしの心に刻み込まれるだろう。さっきの恐ろしい転落はリクライニングチェアで後ろに傾いていただけと判明したとはいえ。確かに、調度品が豪華なんだから贅沢なリクライニングチェアがあっても驚くにはあたらなかった。けれども、ヨーロッパに滞在した経験から、釣り合わないクッションを置いた特大の肘掛け椅子がまさかジェットコースターに変わるとは思わない。

ロジャーがあたしの震える両手をしっかと握った。「どうしたのベイビー。紙みたいに真っ白だよ」心配そうな口調。「なにかヤッてるの？」

「なんかこう」とあたしは落ち着きを取り戻してから言い、社交から逸脱することに対するロジャーの罪悪感を軽くしてやらねばという義務感からすぐさま続けた。「一進一退みたいだけど、もうだいじょうぶです」

「ヘニー・ペニー、彼女にワインお出しして」

「ロジャー、あたしのことまだ終わらせてくれてないじゃない」と裸の娘が床の上でブツブツ言った。

「ワインお出ししろって言っただろ」

「フンだ、なによ」と娘が小声で悪態をつき、けだるそうにラグから離れた。怖くて指示をはねつけられないようだった。あたしの狭い独房にあるやつの巨大なレプリカに見える長い木のテーブルまで裸足でペタペタ歩いていき、赤ワインが入ったグラスを従順にあたしのところへ運んできた。ロジャーに向かってほとんど目を上げなかった。

「終わらせてくれるの？」

「それ質問？　おれに質問してんのか？」

娘の首はあごの下に埋まった。「床で横になってろ」と彼がやさしく言い足した。「お客さんにくつろいでもらいたいだけだよ」

「そ、ありがとロジャー」と彼女が大喜びで言い、子どもが手をたたきはじめるように両手を握りしめ、すぐ仰向けに寝ころんだ。

低く単調なボンゴの演奏がまた始まった。ミュージシャンに紹介してもらえたらうれしかったんだけど。

「飲んで」とロジャーが促し、あたしの手を放した。「飲み干して、リラックスして」思いがけず、かすかなすすり泣きが締めつけられた胸からせり上がってきた。彼に間近で見られていたから、苦い薬を飲み下すのは容易ではなかった。

「よくなった？」

ボトルを返すべき時と場所ではなかった。

「かなり」礼を言った。ソクラテスが毒ニンジンについて述べたように、お気持ちだけで十分です。

「リラックスして」と彼が繰り返し、親しみを込めてあたしの太ももをギュッとつかんだ。

あたしは「イタッ」と機械仕掛けの人形みたいに声を上げた。

「おっと、すごく緊張してるねえ。ひどい状態だ。最高」

彼の矛盾する熱意に侮辱されたと感じるべきか、ほめられたと思うべきかわからぬまま、体をこわばらせて不安定な椅子の縁に腰かけ、いつものバランスを取り戻そうとした。ようやく落ち着くと、物事を注意深く見る心の目が再び動き出した。ヘニー・ペニーってだれ？　彼女相手に終わらせるってなにを？　ソファのカップルはだれ？　ロジャーってだれ？　ロジャーがあたしを特別扱いしてるものだから、おまえなんか死ねとあの暗い場所で願っているのはだれ？

「後ろに体を倒して、でも今回はゆっくりと」彼が笑みを浮かべる。

ロジャーの歯のことを説明させてほしい。それらは傷、戦い勝ち取った傷だ。それらは傷つきやすさを象徴するすり切れた象形文字だ。それらは、このとてつもなく進化した男が痛みを知っていたことの証。あたしはロジャーの虫歯が好き。自分がロジャーの歯に恋しているとまだ気づかずにそれらを見つめていたとき、自分の内部の伝言サービスから緊急メッセージを受け取った。手短かに言うと、そのメッセージとは、体を後ろに倒したらおまえは死んじまうというものだった。脅しをかけてくるこの呼びかけは理不尽ではあるものの、完全に従うか、結果に自ら向き合えと迫っている。ある言葉を思い浮かべたり空を見上げたり特定の食べ物を食べたりなど、何をするにしても高くついて、死ぬか狂うか麻痺するかだから、あたしはこれまでテロリストの脅迫を受けて立ったことは一度もなく、協力することでまずまず生き延びてきた。

「少ししたら」とあたしは約束した。ロジャーはあたしの頭の中に盗聴器を仕掛けているかのように、窮状を理解しているらしかった。

「急がなくていいよ」と、話すと歯が痛むのか、例のひそひそ声で言った。

「ほら、ロジャー」見おぼえのある人物がボンゴ奏者から身をほどき、あたしたちのほうへ向かってきた。ひらひらのネグリジェを着たカカシ。火をつけたマリファナを骨張った長い指で挟み、棒みたいな腕を棒みたいな体から離せるだけ離してそれを運んでいた。汚れたソックスとか、何か選りすぐりの物を持ち運ぶように。顔に薄ら笑いが貼りついているのをあたしはすぐさま見て取った。

「吸いなさいよダーリン」

彼女は、全世界の男たちではないにしてもこの部屋の男たち全員の唯一の所有者として自分を任命していることは確かだった。あたしを脅してご本人同様防腐処置を施されたみたいに見えるよう安物の低刺激性アイライナーを売りつけたのは、まさにこの薄ら笑いだったのでは？

「あなた、テレビでモデルをやってませんでした？」あたしが思わずそう訊くと、彼女は答える代わりに薄ら笑いをねじって嫌悪感を爆発させた。やらかしたみたいなんで、あたし喜んでこの舌をヘブライ・ナショナル（ユダヤ人向けホットドッグメーカー）に提供いたします。彼女は吐きそうな仕草をすると同時に落ちくぼんだ頬を吸い込んで、ロジャーにマリファナを渡した。

「あたしもうボロボロ」と彼女は、ハイになるには特殊な才能が必要だとでもいうように自慢した。神よ、いかなる思考も感情も持ち合わせていないことを年がら年中誇っている、これらくぼみのある愛しき者たちをわたしにお与えにならないでください。

ロジャーは「ありがとうクラリッサ」と言って差し出されたものを受け取り、素人の常用者ではないとわかる専門技術で何気なく吸い込んだ。息を止めて、あたしにマリファナを身振りで示したが、断固としてうなずいて断った。

もちろんそのオイシそうな香りにはそそられたものの、実のところ、二人の敵対的な女性――そのうちの一人は不倶戴天の敵かもしれない――がいる部屋でヤクでハイになるほど、あたしは自己破壊的じゃない。こういう良くない状況では、自分の強靭な精神があたしを灰《ハイ》にすることも考えられる。あたしは身を守るすべを学んでいた。どういうことかというと、あたしは同等の者たち、あたしの自由落下する精神のすばらしき飛行に同行できる男たちとならハイになる。繰り返そう、自分が魅力的に映っているかどうかということにしか関心がないクロードみたいな追従者とではなく。

当然、ロジャーがあたしから拒絶されていると受け取るのではないかと心配だった。本当のところはまったく逆なのに。ドラッグに頼ってあたしとつながる勇気を得ようとするなら、ワラにもすがろうとする彼の覚悟を助けてあげるのみ。あたしは直感的な心理学者として、ロジャーはあたしの欲求を満たすことで自信を得るのだと判断した。その洞察と平行し、ついさっき心不全の発作を起こしたせいでマルボロを置き忘れてきたことがわかった。自分のミスに気づいたとたん、重い離脱症状が表れた。

「マルボロ吸いたいな。部屋に置いてきちゃったの。フィルターついてるならどんな銘柄でもいいんだけど」

「ダメですよ~」とクラリッサがさえずった。「ロジャーは商業用のタバコは認めないんだよね。悪い習慣だと思ってる、そうでしょロジャー」

ちょっとここで、わが永遠の敵、女の嫉妬について考察させてほしい。あたしはそのナンバーワンの犠牲者として、女の妬みに関して公表したい。それはお世辞という最も破壊的な形を取って表れる。そのぱちんこと矢でひどい災難に見舞われてきたから、暴挙から逃れるために消えてしまいたいと願うことがときどきあった。大勢の怒れる女たちのところへ行って、あいつの人生は見かけとちがって完璧じゃないとあたしのことを説明してやってくれ。

「ロジャーはあなたに話したり聞いてもらったりできて本当にラッキーね」と彼女を称賛してやった。「あなたは全能の口ってところかしら」

「ロジャー、約束したじゃんよ～」とあたしたちのすぐ後ろでうめき声がした。

「まだそこにいるのかヘニー・ペニー。いいかげん起きろよ」

「だけど終わらせてくれてないじゃない」

「文句あんのか？」

彼女は飛び起きた。垂れ下がった髪で顔が隠れている。

「いい子にして服を着ろ」

「は～い、ロジャー」お仕置きを逃れる子どものように急いで走り去った。

「どの部屋？」と彼が別の声音であたしに尋ねた。

「廊下の向かい、２２８」

「鍵かかってる？　聞いたろヘニー・ペニー。彼女のタバコ取ってこい、いますぐ」

「ベッドの上にあると思う」とあたしが言いかけた。

「見つけてくれるよ。ほかに必要なものは？」

あたしはロジャーのコロコロ変わる気分に少しばかり狼狽し、首を横に振った。太ももにやっと届くかというインド製のシャツを着たヘニー・ペニーは、すでにドアのところにいた。

「ありがとう」とあたしは彼女の背後から声をかけた。

「うん、ヘニー・ペニーがいてくれてすごく助かるよ。彼女がいないとうまくいかない」

娘は一瞬彼に笑いかけてから使いに走った。

クラリッサが笑い声を上げた。「あ〜らダーリン、あなたヘニー・ペニーをもう一人つくるつもりね」

「おれはヘニー・ペニーを愛してる。あいつはおれの一部分」

「とてつもなく役に立つ部分てことよね」

「絶対不可欠。だからあいつはおれが完全にあいつのものだとわかってるんだ」

あたしは状況を読み誤ったのか、または少なくとも、ページの最後まで読まなかったのか。

「いいわねえ、あなたたちあたしのいちばんお気に入りのカップルよ」とクラリッサがささやくように言い、あたしの最悪の恐怖をダメ押しした。ヘニー・ペニーをないがしろにしてしまい、気持ちが沈んだ。裸の玄関マットとちゃんとおしゃべりしなかったから。

問題の人物がタバコを手に小走りで入ってきた。ロジャーが丁重に火をつけてくれているあいだ、彼女と交信しようと試みた。ダメだ。これまでも表情のない顔をいくつかのぞき込んだことはあるが、ヘニー・ペニーの顔に比べたら、それらは無声映画スターの顔。そして、大きくてまん丸の、くすんだ色のまばたきしない発光する目だけが、この機械が電源につながれている証拠だった。丸い頭にくっついた丸い顔に丸い目があり、そのすべてが貧弱な茶色いポニーテールでまとめられている。ま、ロジャーがどういう人であれ、かわいい顔にだまされやすいタイプじゃないことは確か。

ボンゴ奏者が大声で呼びかけた。「ペネロペ、タバコ持ってきて」

彼女はまばたきしない目をまずロジャーに向けて無言のやりとりを終えると、タバコを一本手に影がかかった部屋の片隅へ走っていった。

「いい子ですね、彼女」とあたしは、だまっていると失礼だと思ったのでそう言った。

「すてきですね」クラリッサがあたしの口まねをした。「戻って持ち物を守らなくちゃ」そう言うと、嫉妬深いガミガミ女はヘニー・ペニーのあとから影のなかに入っていった。

ロジャーが背のまっすぐな椅子をあたしのそばに引き寄せて「話そう」と言い、あたしの椅子を回転させたので、背中がテレビのある一角に向いた。背後から、耳に心地いい『レイト・レイト・ショー』のテーマ曲が聞こえてきた。

「なによこれ」とクラリッサ。「また『グレン・ミラー物語』じゃない」

どうしてこの人家に帰らないの？とあたしは大声で言いたかったが、ロジャーに注意を移した。彼が近寄るほど、強烈なまでのパワフルな存在感が伝わってきた。

あたしに向かって深く傷ついたような笑みを向ける。「リラックスして始めよう。きみの名前は？」

一部の人たち、特にベントンとかプレンティスというような名前の人たちにはごく単純な質問に思えるだろうが、あたしにとってそれは、這い出せるかもしれないし這い出せないかもしれない穴だった。ためらった。

「わかった」と彼がなめらかに言った。「謎めいた客人でいればいい。なんでもしゃべりたがらない子のほうが好きだから。でも、呼び名はないとね。名前をつけてあげようか」

「名前によるかな」と慎重に応じた。不気味なほど親密になっているから、彼がハリエットという名前を思いついいちまうんじゃないかと不安になった。

「きみは異質だね」盲者が点字の聖書を指でなぞるような感度であたしのアイデンティティをなぞる。「秘密主義、芸術家肌、官能的、直感が鋭い」

母親だって、あたしの気質をこれほど尋常ならざる正確さで予見できただろうか。

「加えて知性が高い」とあたしは告白した。

「ベイビー」とロジャーがやさしくうめいたので、彼が相手ならわかりきったことをあえて言う必要はないんだと明確にわかった。体中に安堵感が放射状に広がった。半年間クロードと一緒にいたせいで自分が凍っていたのはわかっていた。ロジャーがあたしの首の前に片手をかけ、喉元で打つ脈に親指を強く押し当てた。腕と胸にものすごい熱が生じたから、早々と解凍してしまうんじゃないか、すわり心地のいいリクライニングチェアの上で溶けて形のない塊になってしまうんじゃないかと、怖くなってきた。

「手に気をつけて」とあたしが鋭く言った。

「うん」と彼はやさしく言い、危害を及ぼしている手を引っ込めた。「きみはずいぶん長いことスキルや愛に疎遠だった。ぼくの部屋にきみを連れてきたのはその病だよ、リーラ」

「リーラってだれ?」

「リーラは古代インド語で神の戯れという意味」

「気に入らない」とあたしはきっぱり言った。

ロジャーは肩をすくめた。

「古すぎるもの」

「そのとおりだね。きみは現代の子だから。心配しないで。ぴったりの名前をつけてあげる」

「そのリーラの病気ってなに?」

ロジャーは一瞬うろたえたように見えた。片手を淡い色の両目にかぶせ、もう一方の手を振り上げて指を鳴らした。ヘニー・ペニーが駆け寄ってきて、ロジャーの掲げた手にマリファナを差し入れ、あたしたちを邪魔せずにすぐ立ち去った。

ロジャーは落ち着いてマリファナに火をつけ、吸い込み、無言でそれをあたしに強く勧めた。今度は断ろうとは思わなかった。ロジャーの表情に乏しい顔が満足そうな顔つきになり、あたしがすでに承知していることを口にした。あらゆることにおいてぼくらがつながることを願っている、と。

あたしたちは無言でマリファナをまわした。ロジャーが一回吹かすところ、あたしは二、三回吹かした。

「怖がらないで。面倒なことを切り抜けるのを助けてくれるよ」

あたしは、空きっ腹にワインを飲んだせいで、たちまちその効果を実感した。

「なにしてるの?」とあたしが尋ねた。ロジャーがかがんでいて、カチッという機械の音がはっきり聞こえたから。

「なんでもないよベイビー」

「自分で確かめる」確認しようと身を乗り出した。

「テープレコーダーだよ」と彼が認めた。

不愉快だった。「ちょっと、あなたサツかなんかなの?」言いたかないが、直近の住居三ヵ所すべて警察に踏み込まれたからな。

「なんでサツがきみに興味持つんだ？」

あたしがそういう策略に引っかかりやすく見られているのかもしれないと思い、立ち上がって部屋から出ていきそうになった。廊下を挟んで向かい側の、無気力にさせられる空っぽの独房がパッと頭に浮かんだから、彼にもう一回チャンスをやることにした。

「それ切って」とあたしは普通のタバコに火をつけながら言った。ハリエットが煙の輪を延々と吹いているテープなら、ＦＢＩでも歓迎。

「きみは手ごわいな」と言いながらも、ロジャーは従った。

初めて意見が対立した。怒りの涙があふれ、ひどく傷ついたことを自覚した。ロジャーが手を伸ばしてタバコを持っていないほうのあたしの手を取り、てのひらに親指を置いた。それで鈍痛を感じるまで押されると、その痛みは心まで届くほどだった——彼があたしの心を開いて、自分の疲れた脳が唱える異議に対してではなく彼の言うことに耳を傾けられるように仕向けているかのごとく。見上げると、彼がこちらを観察していた。

「なにしてるの？」と訊いてみた。なにかすごいことをしているという気がしたから。

「きみの肉体《からだ》にぼくを信頼してって頼んでるんだよ」

「妙なことするのね」

「信じておくれお嬢ちゃん、きみが自分の肉体の知恵に耳を傾けられるようになれば、たちまちぼくのすべてを知り、信頼してくれると思う。ぼくがきみを愛していることを知り、そしてきみが、ぼくそして世の中のすべてから自分を護ろうとする苦闘は終わるだろう。自分の肉体に勝利を与えるんだ。問いと答えの戦いを終わらせるんだ。そうすればきみはすべてを知るだろう」

彼の親指に捕らえられた体は反応したが、砲弾ショックを受けた心は抗いつづけた。

言い返す。「あたしの体はあたしの残りの部分同様、私的な会話をテープにこっそり録音されることに反対してるんだけど。あなたが最近出会ったかもしれないほかのいろんな体とちがって、あたしの体はドブネズミのにおいを嗅ぎつけられるのよね」

「まいったなあ」あたしの手を放し、傷ついたような笑みを浮かべる。

あたしは片手が勝手に離れていかないように、注意深く自分の膝に置いた。それは反抗しているようだった。放っておけばロジャーのところに這い戻って、あたしに関係なく和解しかねない。ドスンという落胆した音とともに心が閉じて、体が震えるのがわかった。

「怒ってないわよね？」謝らなくちゃという愚かな衝動にかられてそう訊いた。

「怒る？」と彼が驚いた。あたしたち共通のボキャブラリーにはそんな言葉の居場所なんかないというように。「ベイビー、きみはすごい人だ。特別な感覚を持っている。独特な形の自衛本能を。このホテルでひとりでいるきみみたいな子に出会えるなんて奇跡だな。きみ、ひとりなんだろう?」

　あたしは彼の抑えた感情が噴出するのを邪魔しないよう、急いでうなずいた。

「不思議なんだよね、きみみたいなすばらしい子がどうしてひとりなんだろうって。可能性は一つだけ。きみは降伏していない。きみは妥協できないから、妥協してこなかった」

「なぜあたしは妥協できないの?」と息を詰めて訊いた。

「きみのようなタイプには妥協というのはないんだよベイビー。生きるか死ぬかの戦いをする。相手に自分を開くときはどこまでも開く。なにも隠さない。きみに必要なのは強い男だ。弱虫じゃなくて、この社会が男と呼ぶ怯えたやつらじゃなくて。きみがそういう男をすでに見つけたとは思えない。一度見つけたら迷いはない。きみは自分の人生をその男に注ぎ込むだろう。一つの心に仕える愛があふれた二つの体になるだろう。そういう大河のごとき愛をまちがった男に注ぎ込む危険は冒しちゃならない。きみのような激しい女がありきたりの男に心を開いてしまうなら、それは自殺や殺人よりも罪深い。きみ、だれも殺してないよね?」とからかう。

「ええ」と笑う。「そうしようかと思ったことはあるけど」

「わかるな」と彼が言い、自分の興奮を鎮めた。あたしはそれに続く言葉を待ったが、彼はただ厳めしくすわって自分の複雑な思考に埋没していた。

「妥協しようとはしたけど」とあたしはおずおず認めた。「何度も」

彼はあたしのうなじに無意識に両手をあててから、両肩をもんだ。あたしは顔が紅潮するのがわかり、震えが抑えられなくなって頭が揺れた。

「最低よ、最低。完全無欠であるがゆえに孤立してしまって」

「ちがうよ、かわいいベイビー」とあたしの耳に口を押しつける。「きみのこと怒ってなんかいない」

彼の片手が首を這い上がり、強い指で頭の土台をもみほぐされると、驚いたことに喉と胸が叫びで詰まった。それはまるで、からくり箱を開ける隠れたバネを彼が見つけたかのようだった。

「解き放つんだ」と促されたもののそうはできず、喉に音を詰まらせた。それを以前耳にしたことがあったのかもしれないが、いまになって音の塊が自分の中に引っかかっているとわかった。自分のしていることが及ぼす影響を想像できないロジャーは怖くなかったが、自分が怖かった。自分は正常だと再び感じたくて必死だった。そう願ったとたん、下半身が麻痺していることに気がついた。

「歩けない」と大声を上げたが、椅子にすわっていたわけだから、そう告げるのはおかしな話だった。

「なんだよ」ロジャーがあたしから身を引いた。「どうしたんだ。〝全身ゴム男〟みたいにがんじがらめになってるじゃないか」彼はあたしの全体重がかかって三つ編みのようになっているあたしの両脚を伸ばし、そこをキビキビとなでて死後硬直をほどいた。彼があたしの両脚を自分の膝の上に渡すと、むき出しの足元がベルボトムから垂れた。ロジャーを見なくてすむように、またタバコに火をつけた。

「楽になった?」彼がぼんやり足の裏と戯れながら訊く。

「くすぐったい」とあたしは嘘をついた。だって、バケツに入ったお湯を太ももの内側に注がれてる感じだなんて言いたくないもの。

「きみは美しい神経の塊だ。美しい、飢えた神経」

「どうしてそんなにあたしのこと知ってるの?」とおずおずと尋ねてみた。彼の打率が完璧なことがわかってきたから。

「人生ずっときみのことを観察してきたからだろうな」と答えると、彼は口を閉じたまま笑みを浮かべた。それはこれまでのところいちばん好きな笑みだった。

「そんなばかな。あたしたち会ったばかりじゃない」

「そうかな、ぼくらはまちがった時にまちがった場所で何度も何度も出会ってたんじゃない?会ってはいたけれどお互い準備ができていなかったんじゃないかな」

個人的には生まれたときに準備はできていたという気がするが、相手が一生懸命説明しようとしているのに、いちいち訂正しちゃいけない。

彼は愛する手を握るように、あたしの足指のあいだに指を通した。「ぼくらはこの出会いのために、いままで自分を完成させようと努力してきたんじゃないかな」

「わかんない」とあたしがバカっぽく言った。足の指で考えてるって突然気づいたから。

「そうだね」と彼が不気味なほどの正確さで自分を正した。「女は男よりも完全に近い。きみは生まれつき完璧な知識を身につけている。男は鍵を与えられているけれど、女は宝を宿している。男が真に男になるには、まず自分たちの女性的な面を手に入れる必要がある。そののちきみらの宝に手が届くことを望めるんだ。女が待つあいだ、男はやるべきことをやらなくちゃならない」

「そういうことよね」と同意する。

「でも、どれほど多くの女が絶望する？　どれほど数え切れないほど多くの女が男がすべき仕事をして、最後には自分の宝を埋めてしまう？」

「大部分よね」

「しかし、そうしなかった少数の者たち、孤立した少数の者たち」祈るときのようにあたしの足を手と手のあいだにはさんで押し、名前を挙げることを控えた。「それら逆境を生き延びた少数の者たちは、忍耐強く待つ」

「あたしはときどきしびれを切らしたけど」と告白する。

「そんなことはないはずだ、そうなら、きみはいまぼくの目の前にいる、奇跡的に手つかずの女性ではないはずだから」

あたしはロジャーの言うことを真に受けるあまり、自分の正体を偽ることができなかった。

「あのね、あたしきのうまで男と暮らしていたの。フランス人の映画監督。捨てたんだけど」

「そうなの？」

「ええ。評価の高い監督で。彼は本物の男が持つすべてを備えていた。富、教養、美貌」

あの腰抜けのドブネズミのクロードが、果たしてそういう惜しみない言葉であたしのことを言い表すだろうかと思わずにはいられなかった。

「さんざんだった。彼はあたしを愛してた。あたしを愛してると思ってたことだけは確か。あなたが言うように、宿題をやっていない男たちも、ある程度は愛することができるんだと思う。だけど、言い表しようがないほど支配的な愛でね。あたしが買い物に行けば、彼は食料品店の男が息を切らしてあたしを追いかけてくると想像する。二人でくだらない映画に行けば、観客全員がスクリーンじゃなくてあたしを見ていると思い込む。キリストとそいつの取り巻きのおかまたちを題材にしたイタリア映画観たことある？」

ロジャーは臆面もなくあたしに目を注いだまま、ないと言った。

「まあ、別にいいのよ。あなたお金無駄にしないで済んだもの。しばらくするとそのボーイフレンド、あたしが女と話してても嫉妬するようになったの、想像できないかもしれないけれど。レストランではスフィンクスみたいに彼の横にすわっているのが当然だったし。ついには彼、女を一人家に引きずり込んだんだけど、彼女はあなたの言う典型的な埋もれた宝だった。あたしが料理したり掃除したりする家に彼女を引っ張ってきて証明しようとしたのは、その一――その女が追いかけてるのはあたしじゃなくて彼、そのことは実に疑わしいけど、鍵の件があってもなくても。その二――あたしは彼のわがままな性的嗜好に注意を集中すべき。ほんと、あいつの特殊な傾向ったら！　自分が女というより業者だという気がしてきたわ」

ロジャーがむっつりした様子ですわっているから、彼自身の価値をあたしが何の気なしに説明したイケてる恋人のそれと比較しているんじゃないかと不安になった。でも、あたしに自分の真のアイデンティティを永遠に隠せと？　ロジャーがレストランにいるところなんて、ましてやメガホンを構えてスターに指示を出しているところなんて想像できない。シャツにネクタイとかタートルネックのセーター姿ならわかるが、まばらに毛が生えたつやつやの白い胸をむき出しにしたこういう姿ではあり得ない。あたしは衝動的にロジャーの柔らかい胸に片手を置き、痛みを取り払おうとするようにそれをなでた。

彼はあたしの片手をつかむと、自分の胸に押し当てた。「ああ、ぼくに触れたね」

もっとひどいのに触れたことがあると言って安心させてやりたかったが、聞くにはつらいあたしの告白のすぐあとでは、そんなことを言ってやっても彼には少しも慰めにならない。

そこでこう言った。「ロジャー、約束する、もしクロードがたったいまこの部屋に押し入ってきてあたしの前にひざまずいても……」けれどそれは言い終える義務のない約束だった。なんたる偶然。こういう予言的な言葉を口にするなり、ドアをたたく音が全員に聞こえた。

「だれだ？」ロジャーはあたしの手を焼き印みたいに自分の胸から引き離した。

「ちょっとロジャー」クラリッサの声が、テレビパーティーのほうから聞こえてきた。「きっとリビーよ。パパ、あんた彼女を呼んだでしょ？」

「そうだった。すっかり忘れてた。クラリッサ、開ける前に彼女だって確かめて」

ロジャーに指でつつかれた。「しゃべるなよ。ひと言も。いいな？　きみはアルバニア人。英語は話さない。わかったか？」

「わかったわロジャー」とあたしは答え、そういう乱暴な言い方をしなければならない彼のつらさを推し量った。

「よし、入れろ。全員冷静に。アーロン、ボンゴたたくな。ヘニー・ペニー、ボリューム下げろ」

ロジャーは映画監督になる素質があると思い直した。シーン設定の仕上げに、彼はテープレコーダーのスイッチを入れた。

10

アルバニア人立ち入り禁止措置が出されているにもかかわらず、悪い気はしなかった。クラリッサがカップルを部屋に招き入れた。二人は、邪悪な魔女を前にしたヘンゼルとグレーテルみたいに身を寄せ合い手をつないで立っていた。

「やあ」とロジャーが二人を迎えた。「来られないんじゃないかと心配してたよ。ヘニー・ペニー、椅子を並べて」

ヘニー・ペニーが明るくおしゃべりしながらせわしげに動き、テーブルまで椅子を引っ張った。「こんにちはリビー。ロジャーとあたし、あなたに会いにニューヨークへ来たの」

「なによまったく」とリビー。「あなた、相変わらずその終わっちゃってる下女を従えてるわけね」

ロジャーは腰かけたまま、背後に控えるヘニー・ペニーが持つワインボトルに手を伸ばした。

「リビー、出だしでつまずくのはよそう。これは友好的な集まりなんだから」

ロジャーが聖人のように我慢強いことに力を得たらしいヘニー・ペニーが、ペラペラしゃべり出した。「ヴィクターが協会の新しいルールを決めたの。女子は質問しちゃいけないの。元気?もダメ、最近どう?もダメ。質問しないのってすごくむずかしい、特に自分がお仕置きされててその理由を知りたいときは」クスクス笑う。「でも、それってすごく楽しい。ヴィクターは質問を考えることもダメって言ってるから、あたしは絶対考えない。ロジャー」と慎重に言い、「リビーはもう協会にいない人だから、質問してもいいかな。あ」と口を覆って、「質問しちゃった。リビー、わかる？　あッ」と甲高い声を出し、「またやっちゃった」。

「寝床に戻って静かにしてろヘニー・ペニー。リビー、気にしないで」

いったいこの娘はなにをペラペラやっているのか。ロジャーは見事な慎み深さで、なにやら社会的に後ろめたいらしいことに対してそれ以上は言及しなかった。「ずいぶん来るのが遅かったじゃないか。一日中ここにいたんだけどな」

「ブライアントが帰宅するまで待ってたのよ」とリビーが小声で答えた。

「仕事なにしてるの、ブライアント」

「タクシーの運転手」とその男子が小さく肩をすくめて答えた。「悪くない仕事だよ」

クラリッサが会議のテーブルにこっそり近づき、自分でグラスにワインを注いだ。

「ロジャーにあたしたちの住所をおしえてくれてありがとう」とリビーが皮肉交じりに言った。

「彼に手紙を書く手間がはぶけたもの」

クラリッサが歓迎の乾杯をしようとグラスを掲げた。「どういたしまして。ロジャーが街に来てるのに会えなかったら、あんたがっかりするのわかってたからね。で、彼が電話してきてどうしてもあんたに会いたいって言うから、ここで再会を果たせばって提案したわけ」

恐ろしいことに自分が身を寄せているのはクラリッサの住まいだと初めて気づいたとき、恐怖の血清の注射を打たれたような衝撃を受けた。ここはロジャーの部屋じゃなくて彼女の部屋だったのだ。あごがいかれた。ガミガミ女からカップ一杯の砂糖を借りるために立ち寄る、みんなで楽しく夜にテレビを観るために立ち寄る、あるいはいちばんありそうにないこととして、あたしがロジャー相手に楽しんでいたような哲学的議論をする、っていう考えはものすごくグロテスクだったから、彼女のぐらぐらするリクライニングチェアから飛び出して、酸っぱいワインを白いジーンズにぶちまけてしまった。

「この人だれ?」リビーが慈善ポスターみたいな目をあたしに向けてぶしつけに訊いた。カップルは、ユニセックスで丈の短い色あせたデニムにエルヴィス・プレスリー風スエットシャツ姿、どちらもガリガリで薄黒くて疲れていて、CAREのコマーシャルから出てきたみたいだった。GIVE、HELP、と二人は叫んでいるようだった。募金係の理想の姿。

ロジャーがあたしを雄々しく守ろうとした。「あ、だれでもないよリビー。廊下の向かいのコでさ。ひと言も英語話さないんだ」

「でしょうね」と彼女は言い、生活保護受給者が後援者になってくれそうな人へ向ける典型的な敵意に満ちた視線をあたしに向けた。あたし自身は彼女に貢献したくなかったけどね。

「あたし実はアルバニアの難民なの！」

「すわれバカ」とロジャーがかみついた。あたし以外全員すわっていたから、その驚くべき呼びかけはこのあたしに対してのものらしい。

「協会の新しい候補者かしらね。ロジャー、どこでこういう人たち見つけてくるの？」

忌まわしいことにロジャーに代わって返事しがちなクラリッサが口を挟んだ。「この人のほうが彼を見つけたの、ほんとよ。レミングみたいにこのドアまで泳いできたんだから」

いいえ親愛なるご近所さん、とあたしは黙想した。友情なんてあたしたちにはご法度だよね。

ロジャーがドサリと自分の椅子に腰を下ろし、頭の後ろで手を組んだ。

「不思議だな、きみが協会の玄関に現れて、入れてほしいと頼み込んだ日のことをちょうど思い返してたところだよ。リビーおぼえてるか。君は取り乱してた。ヴィクターに受け入れてもらえなかったら自殺すると何度も脅したよな。彼にすがりついて。愛して、敬って、従うと約束して。きみは美しかった。おぼえてるかブライアント。そしてヴィクターは一度もきみを失望させず、きみを愛し、彼のテーブルにきみの居場所をつくってくれた。そうだろリビー」

「だと思う」と彼女が弱々しく言い、それから声に力を込めた。「でもあたし頭おかしかったから」

「そんなことヴィクターは気づいてたさ。全員が気づいてた。見たいものしか見ない、ここにいるブライアントは例外かもしれないが。協会はきみを男にできなかったよなブライアント、だけど問題ない。社会にはタクシー運転手が必要だものな。へつらってるばかりの男なら、協会にそいつの居場所はない」

連中は彼が侮辱するのをだまって聞いていた。クラリッサだけが嫌みな笑い声を上げて口を挟んだ。「あんたってお高くとまってんのねロジャー」

「そのとおり。わざわざ時間をつぶして付き合ってやることに高い値段をつけろとヴィクターに教えられたからね」

「ヴィクターねえ」とクラリッサが軽蔑して言った。「彼が街に来たときのこと知ってる。チョコチョコ動きまわって、だれのギターケースだろうと運んでさ。もちろんそれって彼が自分は神だって発見する前のことだけど」

ついにロジャーはガミガミ女に我慢ならなくなった。「だまれクラリッサ。おまえが歳いってることはみんな知ってる」

「だけどヴィクターは神ですぅ」とヘニー・ペニーが抗議した。「浮かんでるとこ見たことあるもん。ほんと、すごく楽しそうだった」

「だまってろって言っただろ！」あたしは突如、わめきたてる女たちでいっぱいの檻に哀れなロジャーがいるところを想像した。彼はリビーにピシリと鞭を鳴らした。

「ヴィクターはきみが頭おかしいから追い払ったのか？　それとも彼の心と彼のファミリーにきみを招き入れたのか？」

「そんなんじゃなかった」とリビーが言って泣き出した。

「どうしてそんなんじゃなかったんだ？」

「わからない。彼のことが理解できない」言葉が震えている。「なにもわからない。ヴィクターはお調子者が好きだってことは知ってるけど。彼は愛について語りつづける。でも本当はとんでもなく薄気味悪い人間だとはだれも気づかない。ゾッとする男。近くにいる全員が病気になったり死んだりする。どうして彼は死なないの？」と吠え立てた。

この爆発のあと、寄せ集めがひしめく部屋に分厚い沈黙が這うように広がっていった。あたしの病弱な母親は、そういう沈黙が流れるたびに、血圧が下がる音が聞こえるとよく言ったものだ。

「きみの恩知らずな態度には傷つくよベイビー。いまじゃぼくと戦えるほど回復してくれて実に誇らしい。ただ、友人じゃなくて敵と戦ってもらいたいけどね。頭はしっかりしている、そばに男がついていてくれる、すべて協会が提供したものだ。もっとも協会の目的は交尾サービスとして機能することじゃない。それなのにヴィクターが死ねばいいと言ってるのか？　ヴィクターがいなかったらきみは死んでたじゃないか。ま、死んだところでこの世にはきみの代わりのリビーなんていくらでもいる」

「そういう意味で言ったんじゃないわよ」と彼女が静かに言った。

「彼女本気で言ったんじゃないんだ、ロジャー」とブライアントが急いで付け加えた。「すごく動揺してるんだ。しっかりしろよリビー」

どういうことか見えてきた。リビーはプロの無力タイプなのだ。ローダ＝レジーナをもっと小さくして若くした感じ。すがりついておきながら助けてもらった相手を憎むっていう。なぜなのか。どれほど与えられても満足しないから。やつらの辞書には〝もっと〟という言葉しかない。そしてもうそれ以上なくなったとき、やつらがこっちを枯渇させたとき、だれが悪党の役回りになるかはわかりきっている。あたしはロジャーのところへ駆け寄って、彼女相手に理性的な言葉を無駄にしないよう警告したかった。そうしないと、頭がおかしいのは自分のほうだと信じるはめになってしまう。ローダ＝レジーナのことと、彼女があたしにした返礼のことを彼に伝えたくてたまらなかった。幸い、ロジャーのひそめた声からはさっきよりも強さが感じられた。

「きみがヴィクターから受けた恩恵にお返しするチャンスをあげるから、それを逃さないでほしいなリビー。ヴィクターは心配している。彼のリビーたちの一人が群れからはぐれてしまったから。彼は、きみとブライアントを出ていかせるという例外をつくった。ヴィクターはそのことをたびたび語り、自問している。正しいことをしたんだろうかとね。正しいことをしたと彼を納得させるんだ。いなくなった娘を彼が見つけるのを手伝うんだ。ヘイディを見つけるのを手伝うんだ。彼女はどこにいる？」

「知らない」とリビーがうめいた。

ロジャーは聞こえなかったふりをした。「ヴィクターはきみが彼女の居場所を知っていると思っている。規則に反してヘイディの手に渡った、きみからの手紙を見つけたから」

「そう」とリビーが弱々しく言った。

ブライアントが割り込んだ。「言っちまえよ。グダグダやってないで。連中はおれたちのことめちゃくちゃにできるってわかってるだろ、なんのためか知らないけどな。どっちにしたってヴィクターがヘイディを取り戻すつもりならやつは必ず取り戻す。言っちまえよ、そんでこんなとこ、とっとと出てこうぜ」

「今度ばかりは彼が正しいよリビー。ヴィクターの考えでは、偶然もまちがいもない。ヘイディがその手紙を残していったのは、見つけてほしいからだ。見つけてもらわなくちゃならない。

彼女はヴィクターが自分を愛しているとわかっているし、彼女は彼の一部だからね」

「あの子を裏切ることなんかできない」リビーが泣いた。「ヴィクターはヘイディを殺すに決まってる。彼はなんのためにヘイディがほしいの？　ヘイディにとって彼は魅力的じゃない。彼女をヤらないし。だれにとっても魅力的じゃない。すべてくだらない勝手な自己満足じゃないの」

　ロジャーがリビーの片腕に手を添えると、リビーはごくりと唾を呑んだ。「きみ次第じゃないんだよリビー、ヴィクターの私生活に立ち入るのは。ヴィクターがどう愛するかはヴィクターが決める。今後それについて話さない、二度と話題にはのぼらない、いいね？　ヴィクターは、ヘイディが混乱したと考えている。愛されていないときみが彼女に思い込ませたんじゃないのか？　ともかく、彼女ははっきりさせた。彼女はヴィクターに愛されている証拠がほしかった。ヴィクターに追いかけてほしいと願い、彼はこうして追いかけている。ぼくの考えを言うとね」とロジャーがワンテンポ遅れた男性のひらめきで切り出した。あたし自身はヘイディの名前が出たときからそのことを考えていたけどね。「きみは二人のあいだに立っているんだと思う。ヘイディが二つ三つきみにこっそり不平を伝えたとしよう。女というのは、いつも自分の旦那について不平を言うだろう？　女とはそういうものだろう？　それできみはヴィクターと手を切るという考えをヘイディに目いっぱい吹き込んで、彼女はそれを鵜呑みにする。いまきみは子どもっぽい悪ふざけ、愚かな衝動を、永久的な断絶にしようと決めている。腹が立ったんだろベイビー、ヴィクターがヘイディになびいたとき、きみはこの鈍くさいやつで我慢しなくちゃならなかったから。きみたち女子というのは、なんでこういうことをお互いにやれてしまうのか、まったく理解できない」

「なによ」とリビー。「ヘイディにはヴィクター同様生きる権利がある。ヴィクターは彼女を植物人間にした。あなたも見たじゃない。ヴィクターは彼女を憎んでるのよ。いつだって憎んでた。彼女は完全にイカレてたけど、生き生きしてたから。おもしろかった。お願いよロジャー、彼女を裏切れなんて言わないで。自分に耐えられなくなるから。聞いて、考えがあるの。ヴィクターに、あたしは見つからなかったって言ったら？　この人を連れていきなさいよ」とあたしを指差す。「新しい人を彼に与えて仕込んだらいい。調教したらいい。この人ヘイディよりも年上だろうけど、ヴィクターはそういうことは気にしないと思う。お願いよロジャー」

「だめ、この人歳食っててデブだもん」その中傷がヘニー・ペニーの口以外から発せられたのなら、そいつの心臓にアルバニア製のナイフを突き刺してやっただろう。

　とんでもない提案をしたことで、リビーはロジャーから見放され、ゲームを台無しにした。ロジャーがあたしに関してはジョン・オールデン（ピルグリム・ファーザーズの一人。プリシラ・マリンズとの恋物語がロングフェローによって詩に歌われた）のように両者の仲を取り持つという役どころにおさまらないことを、リビーは見落としていた。このあたしが本命だから。彼女は自分以外の女にごくわずかな重要性しか与えず、女は「おもしろい」という最高のほめ言葉であたしたち女を植物人間に仕立て上げる。そういった極度の無能さゆえに、ロジャーがあたしに夢中になっているのをうまく隠してることに気づかないという重大ミスを犯し、ロジャーを遠ざけた。

張り詰め傷ついたロジャーが、白い紙を一枚テーブルの向こうにすべらせた。「楽な方法にしてあげるよリビー。話すよりも書いたほうが楽なこともある、ヘイディに送った手紙というのがきみが採用している方法の一例だと言うならね。彼女の住所を書くんだ、さっさと」

リビーは敗北を認められず、紙を前にしてじっとすわっていた。とうとうブライアントが彼女の強情さに業を煮やし、紙をつかんですばやく書いた。

「行こう」とブライアントがリビーに言い、二人とも立ち上がった。ロジャーが腰かけたまま読み上げた。「モントリオール」口笛を鳴らす。「そうか、彼女レオンに夢中だものな」

「絶対彼女は取り戻せない、絶対に。レオンの父親は大物だからね、上院議員か知事。ヘイディを守るわよ」

「そんなことは気にしなくていい。きみはやれるだけやった。ヴィクターは感謝するだろう」

ロジャーは引きつづき、過ぎたことは水に流すという性分——その点はあたしにそっくり——を態度で示しながら、二人のあとについてドアまで行った。

彼は二人のあいだに立つと、それぞれの肩にゆるく腕をかけた。「忘れちゃだめだよ、ヴィクターはきみを、きみたち二人を愛してる。協会に戻りたくなったら、彼のテーブルにはいつもきみたちの場所があるからね」

リビーは錠と格闘してからどうにかドアを開けた。「あんたたちみんな大っ嫌い」とあたしたちに背を向けたまま叫んだが、あたしは彼女のことなんかまったく気にかけていなかった。あたしみたいなアルバニア人がヴィクターのテーブルにどれくらいささやかなスペースを確保できるか計算してたから。

二人が出ていくとロジャーがドアに閂《かんぬき》を掛け、旋回しながら部屋の中央に戻ってきた。「モントリオールだってよ」大声で笑う。「今日はモントリオール、明日は世界」

「よくもまあ情報引き出したものね、さんざん彼女を脅してさ」とクラリッサが例の一本調子でだらだら言った。あたしは心臓をブッスリひと突きされ、なぜロジャーは彼女がいることを容認しているのかわかった。彼は女主人をつかむなりクルクルまわした。

「おれたちはパワフルだからさ」ターザンみたいに裸の胸をたたいてみせ、「おれたちはパワフル。ヴィクターはレオンを苦しめる」とうれしそうに言った。「おれたちのとこにはやつの妹がいるからな。錯乱気味だけどいい感じの子だ。マグダラのマリア芸。彼女にとっての救済はヴィクターの足を洗うこと。ワオ」両手をこすり合わせる。「ヴィクターに電話したいけど、遅いかな」

「彼、まともに寝たことないよね」とクラリッサ。

「うん、でもほかのことに熱中してるからな。明日まで待とう」

「あたしたちモントリオールへ行くの？」ヘニー・ペニーが尋ねた。

「車でずいぶんかかるぞ」とミュージシャンが話に加わった。

「それほどじゃない。やりきれる。協会でヘニー・ペニーを降ろして、追加の部隊を拾う。実力行使が必要だってヴィクターが考える場合はね」

「でも、あなたとモントリオールへ行きたい」とヘニー・ペニーがごね、あたしは自分の言葉がダミーの口から出たんじゃないかと一瞬ビビった。ロジャーがあたしにとってどういう意味があったのかついぞわからないままあたしの人生から出ていってしまうという、おぞましい予感が心をよぎった。残酷な時間のプレッシャーとばかげた臆病さが衝突して苦しんだ。いつになったら取り澄ました自制心から自由になれるんだろう。一分でもいいから自分がロージナとかマキシーンとかになって、結果がどうなろうと自分の求めることを口にし、それを強く要求できたなら。でもだめ。あたしは一定の逃れられない規範を与えられて育てられ、禁止事項の第一は、愛着心や愛情をすぐに表してはならないというものだった。男の側に、首尾よく女を物にしたと思い込ませるべし。あたしは自分のつらい経験から、女というのはそれとなく仕向ける達人だとわかっていた。女は手際の悪いハンターを捕獲できるが、その反対に、自分が捕獲されたと思わせることもできる。そのノウハウについては母親から教えてもらえなかったが、実のところあたしは、男性的なメンタリティの持ち主だった。ロジャー、あなたをひっつかんで馬に乗せてやるから、あたしをさらっていって。あたしは疲れきっていた。女の巧みな誘惑術を学ぶにはもう手遅れだった。入れ替えることを自然が意図したはずの役割をどうやって入れ替えたらいいのかわからなかった。不可解な情熱を持つあたし。男が銃で自殺を図らないと、あたしはそいつが生きていると確認できない。あたしは両手で頭をつかみ、しっかり固定した。

ロジャーが軽やかにあたしに向かってきた。「きみはゴージャスなアルバニア人になれるって言われたことない？」

「ない」

「どうしたの？　どうしてそんなふうに頭を抱えてるの？　また気分が悪くなったの？」近寄られ頭のてっぺんをなでられると、首と背中を雨のように震えが駆け降りた。彼に向かって「ロジャー、あなたの勝ち」と叫びそうになったがそれはだめ、ドリス・デイっぽく彼の手を押しのけなくてはならなかった。

「ねえ」とロジャーが言い、リクライニングチェアの肘掛けまで腰を落とした。「怒ってるの？」

「あたしのことバカって言った」とあたしはバカみたいに言った。

彼は不安定に傾いた肘掛けの上でバランスを取れず、あたしの前で床に腰を下ろし、あたしの膝に頭を休めた。指を通せる髪の房がもっとあればよかったのに。めずらしく、人生はあたしに演じるのが不可能な場面を与えていた。

「ああベイビー、ごめんね。そんなに被害妄想になっちゃだめだよ。ヘイディに関する嫌な件を解決したかっただけなんだ。きみを愛してるってわかっているだろう？」

男が自分を主張するのはなんとたやすいことか。もしあたしが愛してると言い返したら、彼は発作を起こすだろう。どうしたらロジャーの健康を危険にさらさずに応えることができるのか。これほど心が空白になったことはない。なにもない。かすかにも光らない、なんの思考の跡もない。空っぽ。ヒューズがすべて飛んでしまったようなこの感覚——足下では、ロジャーが親密な関係を渇望していた。

あたしはクラリッサが無神経に邪魔するのを歓迎しそうになった。彼女がチャンネルのダイヤルをカチカチまわす音が聞こえた。

「まったく」と彼女。「ジューン・アリソンが勇敢だってことばかり」そしてクスクス笑って、「あらあら、ヘニー・ペニーがまたやってる」。

「かまうなよ」とロジャーが助言した。「それで眠るだろうから」

「おれはそれじゃ眠れないけどな」とミュージシャン。

彼はこの部屋で唯一のあたしの同類だという気がした。

「放っておけよクラリッサ。こっちに来い、この悪女」テレビが置かれた一角でカサカサいう音とうめき声がし、それから小声でなにやら言うのが聞こえた。クラリッサはあたしに出ていけとほのめかしているのだろうか。その言葉があたりに広がっていくように思えた。ロジャーは出ていく。始まったばかりのあたしたちの関係を犠牲にし、モントリオールでふてくされてる甘やかされたガキを追いかけるために出ていこうとしている。あたしを救い出し、あたしの身を案じる恋人の腕に届けるため車で国境を越えようとしてくれる人はいなかった。

「ヘイディがうらやましい」その単純な告白であたしはいったいなにを伝えようとしていたのか。

「うらやましい？」ロジャーがうれしさを隠して驚いた表情をしてみせた。

「彼女、幸運な人ね」

「どうして？」

「リビーのゲームをあなたに見破らせて、ねばって、自分を追いかけるように仕向ける。いてほしいと思われ、求められることほど大切なことはないもの。ヴィクターもラッキーよね、あなたのような友だちがいて。ほとんどの人たちは他人のトラブルなんて知りたくもないし、それに対してなにかするなんてなおさらだから。でもあたしはあなたと似てる。ほんとよ。友だちが抱えている問題は自分の問題と同じだけ重要、それ以上に重要。知ってほしかったの、あなたがしていることは立派だとあたし思ってるって」

「うれしいよ」彼があたしの膝を抱きしめた。「きみのような理解力がある女性はそういない」

「そうよね。あたし自身一人も会ったことがないもの。たとえばあたしのいわゆる友人のローダ＝レジーナなんて、メチャクチャで破滅的な人間。あたしがパリから戻ったのは、彼女を助けなくちゃって直感したからなの。人生の大半はパリで過ごしたのだけれど」と付け加える。

ちっとばかし大げさに言っとかないとな。だって二人にはほとんど時間が残されていなかったし、自分が五年で切り上げたしみったれだってバラしたら、いつまでもかかるだろうから。

「あなたが後悔することにならないように願うわ、ロジャー。あたしの友人があたしを攻撃したように、ヴィクターがあなたを攻撃したりしないように願うわ。でも彼は並外れた人物のようね。ローダ＝レジーナはそうじゃない。まったく並外れてなどいないの、並外れてデカくて並外れてセコいことを除けば。とても大柄な人たち、ハッキリ言って太っている人たちは、なにもかも自分のものにしないと気がすまないって、何度も思い知らされたものよ」あたしは、二人に残された短い時間をローダ＝レジーナ分析に費やして無駄にしていることに気づいてゾッとした。ロジャーと協会とヴィクターについて知りたいことが山ほどあるのに。ロジャーのつやつや光るむき出しの肩に片手を置いた。

ロジャーは称賛をあらわにしてあたしを見上げた。「きみのような並外れた女性が、ここで頭の悪い連中とやっていくのは大変だろう。まったく」と沈痛な面持ちになり、「ヴィクターにめぐり会えなかったなら、ぼくは精神病院とか刑務所に入れられていたかもしれない」。

「すばらしい方なのね」指先でロジャーの肌にそっと触れる。

「彼のためなら殺しもいとわない」と熱を込めて言う。「ヴィクターはぼくを救ってくれたから」

「彼はお金持ちなの？　自分のテーブルに招く人たち全員にどうやって食べさせるの？　だって、ローダ＝レジーナのテーブルに招かれたら、と言ってもありえないことだけど、ジャガイモを入れた袋を持参するのが当たり前だもの」

「彼にはできるんだ」とあいまいに言う。「ヴィクターは天才、まじない師。ヴィクターにはパワーがある。必要なものは必ず手に入れる。ヴィクターにはそういう能力があるんだ」

「そうなの」ここまで分析的じゃない答えのほうがありがたかったけど。「そしてヴィクターは自分のパワーで全員のお世話をするわけね？」

「もちろん。ヴィクターは協会の精神、ぼくらの師匠だからね。ぼくらは自分の所有物をすべて分かち合うんだ、知識も含めて。人間の可能性をフルに発展させるために支え合う」

あたしはロジャーの高尚な考えを評価するものの、同じ言語を話しているのかどうしても確かめたかった。「協会のだれも仕事をしなくていいということ？」

「冗談だろ？　自己実現が仕事じゃないと思うの？　ぼくらはひとつの学校。日々いっときも無駄にせず自己認識を深め、究極の意識に到達する努力をする」

「生活のための仕事っていう意味なんだけど」

「生活がぼくらの仕事だよ。自分自身について学び、互いについて学び、自分の一挙手一投足について問い、過去から脱け出し、いまこの瞬間をフルに生きるためにすべての交わりを記録し、記憶する」

「なるほど。とても興味深いわね。そういう骨の折れる仕事を、大きくて広々とした古いファームハウスでやるの？」

「ちょっとちがう」と言いにくそうに言った。「去年ぼくらはモーテルを手に入れて……こら」あたしに巧みに触られて臆病に笑う。

「あらステキ」あたしは協会の具体的な説明を聞いてワクワクし、声を上げた。「あたしモーテル大好き。カラーテレビとか、必要なものすべてがベッドに組み込まれているんだもの。場所はどこ？」

「質問はおしまいだよベイビー。悪いコだな、こんなにしゃべらせるなんて。きみは話しててすごく楽しいよ、同志だね」と困ったように言う。「でもヴィクターはルールを定めていて、部外者とは協会について話しちゃいけないことになってるんだ」

「場所だけでもおしえて」と詰め寄る。

「まあまあベイビー、大きな声を出さないで。ホテル中の人を起こしたらまずいだろ。ヴァーモントだよ。ぼくに関することはもういいから、きみのことに移ろう」

「ヴァーモント！　偶然ねえ。アメリカでいちばん好きな州。ヒッチコックの映画で見たわ。景色がすばらしくて、すっかり映画を食ってた。あらすじは、ろくでなしが森に埋められて、妻のシャーリー・マクレーンが彼を探して森を歩きまわるんだけど、見えるのは美しい木の葉から突き出している彼女の死んだ夫の両足だけ。時は秋で、いまから半月もしたらそうなるわね、ちょっと考えてみれば。ヴァーモントは炎のように鮮やかに紅く染まるはず。ヴァーモントみたいな場所なら、あたし絶対にタバコやめられる。ここでは空気を吸う量が少ないほど安全なのよね。協会があたしの大好きな州にあるなんて。ヘイディはなんてラッキーなのかしら、二十三丁目みたいなスラムに引きずり戻されることがないんだもの。あたしなら、急に言われたとしても迷わずこの競争社会におさらばして、自然への愛にふけるけど」

「シーッ。みんな眠ろうとしてる。こっちにおいでベイビー、だれのことも邪魔しないで話せるから」

「床で？」

「ほら」あたしの両脚を引っ張った。「体を伸ばせばリラックスできるよ」

クラリッサのベッドでの活動は、あたしの耳の中で血が送られるリズムと合致していた。

「とってもリラックスしてるわよ、このロッキングホースを乗りこなせるようになったから」

とあたしが笑った。

グイと引っ張られた。「医者の命令」自分のそばの床を軽くたたく。「横になって」

侮辱されたとロジャーに受け取られないように断る理由が思いつかなかったから、椅子からすべり出てそばに腰を下ろした。彼はそれでは満足しなかった。

「だめだめ。横になって。一晩中起きてたんだから」

「だいじょうぶ、慣れてるから。両親は――どちらも死んじゃったけど――眠ったことなんてなかったの。特に母親は。あの人、自分が眠っているところを目撃した人には多額の報奨金渡すって言ってたけど、あたしの記憶ではそれをもらった人はいなかった」

「いいから力抜いて」

手足を伸ばして目を開けると、テーブルの脚とベッドの下という新しい宇宙にいた。そこに散らばっていたのは、レコードと雑誌と空の袋と靴と下着。

「それでいい」ロジャーがそばに腰を下ろし、あぐらをかいた。彼が自分の足の指をそっといじっているとき、黒い足の裏が見えた。

「かわいいベイビー、一晩中お行儀のいい女の子みたいにきちんとすわっていて、文句ひとつ言わない。それで満足なの？　快適なの？」

「ええ、ロジャー」と言うと、目に涙があふれてきた。床についている後頭部の中で言葉が振動しているのがわかったから、妙な感覚に襲われてしゃべれなかった。本当は、中世の拷問台の上で壊されているように体が痛んだ。ロジャーがあたしのみぞおちに手のひらを置いて、押した。

あたしは苦痛に声を上げた。彼が見つけたのはいちばん痛い場所だったから。腕と脚と心臓におぼえる痛みはすべて、その特定の場所から生じているようだった。

「健気でかわいそうなベイビー」とロジャーがつぶやいた。「かたまりに胸をふさがれてたら、息ができないじゃないか。ひどい状態だよベイビー、かろうじて生きている。ぼくにしてあげられることは？　ほとんど時間がない。くやしいな」本当にショックを受けているようだった。

「きみが問題を抱えているのはわかっていたけど、こいつは厄介だ。腹ばいになって」とやはり沈痛な声で言う。「背中を調べよう」

抵抗しようとすら思わなかった。ロジャーはあたしの腕と手の位置を調節し、そこにあたしの顔を載せられるようにした。肩甲骨の間を押されると、そこは彼が見つけた胸の中の被災地に直結していたから、あたしは叫び声を上げた。

「思わしくないよベイビー。片輪も同然じゃないか」断固とした声に変わった。「そんなことは許せない。こんな状態で放っておくわけにはいかない。取りあえずなにかしなくては。大したことはやってあげられないけれど、ちゃんと直るまでは助けになるだろう」彼はあたしの背骨に沿って指を伝い下ろし、旅の一歩ごとに電光を発して、痛みが隠れている場所を突き止めようと体を探査した。指がジーンズのベルトのところで止まった。

「ゆっくり向きを変えて。必要以上に自分を苦しめちゃいけないよ。そう」と言うと、仰向けにさせられた。

「Tシャツ脱いで」

「え？」

ほとんどこっちを見ていない。「きみが服に詰め込まれていては、やっていることが見えないんだ」

「服を脱いでほしいってこと？」

「そのとおり」

「でも二人きりじゃないもの」とあたしは口走ったが、そう言いたかったんじゃない。クラリッサとミュージシャンが静かにどんどん高め合っているのが聞こえ、二人の早くて荒い息づかいがあたしの呼吸と混じり合いはじめたから。あたしはロジャーを信頼しており、役に立とうとしてくれているのはわかっていたが、混乱して震えた。

「もちろんぼくらだけだよ。いっしょにいるとき、ぼくらはいつも二人だけだ」激痛が走った場所をなでられると奇跡のように痛みが消え、その場所に水たまりが広がり、あたたかく心地よくなってきた。

「ああロジャー、とてもいい気持ち」

「手遅れにならなくてよかった。きみは虐待され放置されてきたんだよ、かわいそうに。でもパパが直してあげるからね」

「パパはTシャツの上からそれをできないの？　そうしてくれると申し分なくいい感じなんだけど」

あたしを癒やして自分と交信させたいというロジャーの欲求どおりにするなんて無理だった。彼がしてくれていることはありがたかったが、ほかにも人がいる。堕落した人間だらけのこの世界じゃ、あたしたちは二人きりだけど。

ロジャーが片手を放すと、あたしは激しくすすり泣いた。

「責められないよな。きみのようないい子がしょっちゅう信頼を踏みにじられて、ついにどんな男も信頼しなくなるのは。残念だ。ぼくに対してはちがう見方をしてほしいと期待する権利はなかったね。だからぼくはホモの連中が我慢ならないんだ。憎悪を性欲の陰に隠して、きみみたいな邪気のない女の子たちを自分の身を守らなくちゃならない状況に追い込む。協会には連中の犠牲になった子たちがしょっちゅう来る。深く傷つき、徹底的に裏切られた女の子たち、手を差し伸べようとしてもかなわない。無理なんだ。彼女たちは途方に暮れている。送り返すのが最も難しいケースなんだよ、送り返される地獄がどんなところかぼくにはわかっているからね。かわいそうなベイビーたち、途方に暮れたかわいそうなベイビーたち」あたしの髪をなでる。

あたしは取引しようとした。「服を脱いでも、好きなときに服を着てもいいって約束してくれる？　それから、あなたは傷ついたり怒ったりしないって」

「いいかい、自分が完全に気持ちが楽だと感じないことはやっちゃいけないよ。ベイビー、リラックスして。きみはすでに限界に達している。無理をしてはいけない」

クラリッサとミュージシャンのことを忘れかけていたところで、二人が互いの名前を何度もうめくのが聞こえたかと思うと、ありがたいことにホッとする静寂が部屋に漂った。ロジャーは絶妙に機転をきかせてあたしから離れた。助かった。ブラはそれでテーブルを拭いたようになっていて、パンティはないに等しかった。あたしは着ていた物を全部自分の横に重ね、ブラをポケットに押し込んだ。ロジャーが赤い光の円に戻ってきて、ヨガのポーズを取った。信用しやすいあたしの性格が予想したとおり、彼はきちんと服を着ていた。あたしにペパリッジファームの袋を差し出し、チャーミングな崩れかかった笑顔をつくった。

「チョコチップクッキー好き？」

「ええ」いくつか取り、あたしはなぜそんなにおどおどしていたのかと思った。「おいしい」

空腹だったと気がついた。

ロジャーがマリファナに火をつけ、深く吸い込んだ。「ぼくがなにか言っても怒らないと約束してくれる？」マリファナを渡されて受け取ったが、煙は極力吸い込まないようにした。

「なあに？」

「きみの体は実に美しい。成熟した女性の肉体だ。ごちそうだよ、きみは」

それが光の反射なのか、ロジャーの顔が赤らんだのか、はっきりわからなかった。彼はあたしの胸元から少量のクッキーのくずを払い、くぐもった声で言った。「じゃあ、仰向けになって、目を閉じて、大好きなことを考えてみて。眠りに落ちていけるようなことを」

あたしは言われたとおりにした。目を閉じていればロジャーに考えを見透かされないからありがたかった。その考えというのは、いまこういう状態でものすごくいやらしい目的を持った大勢の裸の男優たちに囲まれているあたしが主役の、ポルノのシナリオにほかならなかった。

この個人撮影作品では、あたしは目隠しされ、たぶん縛られ、無力な囚われの身。彼らの望みはあたしに命令することで、だれもあたしに対してわずかな敬意も持っていない。ロジャーのやさしく慎重な扱い方とは大ちがい。彼はほとんど触れない程度にあたしの肌に軽く指を走らせたが、あたしは打ち震え、全身にみみず腫れみたいに鳥肌が立った。

「ぼくの美しい子。もう一度じかに観察させておくれ。それから取りかかろう」

そうさせた。

「すばらしい肌だね、めずらしい肌だ。とても柔らかくて、ライトに照らされて玉虫色に光ってる。少々ばかげているように聞こえるかもしれないけど」と恐る恐る笑い、「古典派の巨匠たちが描いた肌を思わせる。内側から照らされているような天使たち。ぼくの官能的な天使」とはにかんでつぶやく。「そうだよね、きみがすでに知っていることを言っても仕方がない。では、ここからは真剣に」

あたしの両手を取り、乳房のそれぞれに置く。

「力を抜いて」と彼が言い、あたしの腹の上で両手を軽くではなく深く押しつけるように回転させ、腸はこの辺だろうとあたりをつけて、その輪郭をなぞっているのがわかった。

それは、あたしの体を封印しつづけていた筋肉が開いて広がるというきわめて警戒すべき効果を引き起こしたので、内臓がこぼれ出ないようにという感じで乳房をしかと抱きしめた。

ロジャーはその尋常ならざる洞察力で、あたしがパニックになるのを予想していた。

「リラックスして、天使さん。怖がらないで。だいじょうぶ、きみの素敵な体を制御できないような状態にはしないよ。内臓が飛び出すんじゃないかと怖いんだよね、でもそれは、このあたりの飢えた神経にようやく血が栄養を与えているためだから」

彼はあたしの骨盤まで片手を下ろした。「血が脚の付け根のあたりに送り込まれてるのがわかる？」

「ええ、ロジャー」

「脚を開いて天使さん、ちょっとでいいよ、血のめぐりを邪魔しない程度にね」注意深く脚を開かせ、太ももの内側の上のほうに指を集中する。

「きみはすばらしいよ天使さん。協会には、股間を生き返らせることができない女の子たちがいる。あたたかい流れが体の中に入っていくのを感じる？」

「ええ、ロジャー。ロジャー？」

「なに、天使さん？」

「あたしの名前はハリエット」

「ハリエット」と彼が繰り返す。自分の名前の響きを聞いてめずらしくうれしく思った。

「ロジャー？」

「なんだい、ハリエット」

「いつ戻ってきてくれる？」横になってしっかり目を閉じている状態では、そう尋ねるのがごく自然なことだった。

彼は、答えを返せない言葉をようやく聞いて安堵したにちがいない。太ももをつかんでいる手に力を込めた。

彼が言った流れというのがすっかり流れ出て、忙しく動く彼の両手に熱い波のような液体がこぼれそうになり、急に怖くなったから、彼の答えを待つのを忘れてしまった。洪水をせき止めようと息を止めた。

「うん。完璧。こんなに素早く十分に反応を示すなんて信じられない。ベイビー、きみは快楽を与えるように生まれついているんだよ。しっかりお聞き。ぼくが戻ってくるまでのあいだ自分でできる、簡単なテクニックをいくつか教えよう。自分の肉体に耳を傾けられるようにならないといけない。そのためには、肉体に歌わせる方法を身につける必要がある。それじゃ、三本の指で乳首を挟み、慎重にゆっくりとひねってごらん、つぼみから花びらをひねり取るように」

あたしはひどく恥ずかしかった。相手がロジャーだからというのではなくて――彼のことは信頼している――、あたしの裸の紳士たちがもっとよく見ようと詰め寄っているからだった。

ロジャーはあたしがためらっている理由を誤解した。

「どうしたらいいか示してみせようか？」

「あ、いいの。わかってるから、ほんとに、その訓練ひとりでやるわ、毎日、あなたが戻ってくるのを待つあいだ」

「ちがうよハリエット、それがきみの体の残りの部分にどうプラスに働くか説明したいんだ。それには、この場でぼくが見ている状態でやらないと」

あたしは震えながら従おうとした。

「ぼくのすばらしい自由なベイビー」ロジャーは両手をあたしの腰の上や下に動かし、円を描く動きで、あるとは知らなかった筋肉を揉んだ。痛いのかどうか、もうわからなかった。

「あああぁ」とあたし。

「信じられないよハリエット。きみは完璧すぎる。全世界に栄養を与えんばかりに勃《た》っている、その誇らしげな乳首。女神の乳首だ」そっと笑う。「ぼくは子どものときですら、イヴがアダムにあげたリンゴは彼女の官能的なおっぱいだと信じていたんだ、きみのほど官能的じゃないけどね。そしてアダムが彼女の果実を味わうや、彼は強欲になり、取り憑かれた。決して満たされない。きみを相手に足りるなんて男、いないだろう？　脱線しちゃいけないな」と、あたしにというより自分に向かって厳しく言った。

「じゃあおしえてくれるかなベイビー、胸全体が腫れてるような感じがする?」

「ええ」

「顔が火照る?」

「ええ」

「自分の指が実際に体の中に、ステキなアソコの中にあるような感じがする?」

「ええ」とかすかに答える。

「すばらしい。ではおぼえておくんだよ、乳首は、頭のてっぺんからつま先まで全神経系統を刺激して活性化させる。神経の通り道を機能させておくのは、健康にとって大切なこと。やってみようか」

彼はあたしの片手を取り、それを湿った陰毛に軽く添えた。集中していたから、ロジャーがあたしのすべてを見つめていることを忘れていた。自分が裸だと意識して、体が硬直した。彼は自分の片手をあたしの片手に置いたままにして、あたしがガードしようとするのを落ち着いた様子で無視し、あたしの指を一本、濡れた体の中に押し入れた。

「左の乳首をひねりつづけて」と指示された。「それじゃハリエット、自分の体が分かれていない一つの感覚のかたまりになるところを観察してほしい。体は指がどこにあるのかもはやわからない。それはおぞましい分裂から自由になりはじめている。それは一つのまとまりに、振動して拡散する単純な感覚になってくる。さあ、それと戯れ、それを混乱させ、それに愛を見せるんだ。ぼくの美しくて自由で勇敢な子、きみが幸せになるのを見ていると、ぼくもとても幸せになる」

「あたし、やっちゃだめ」とすすり泣いた。心臓がバクバクいって、ロジャーの期待以上にいろいろ起きているから不安になった。

「やらなくては。体に耳を傾けてごらん。体にやさしくしてごらん。体は気づかわれ愛されて当然じゃないか。体は愛を要求しているんだよ。目を開けてぼくを見てごらんベイビー。きみが自分を幸せにしているところを見せておくれ」

無理に目を開けると、ロジャーの青白い顔があたしの上で光っているのが見えた。両手で両膝を握りしめ、笑みを浮かべるよそよそしい彫像のようにすわっていた。目を充血させ、縁に白い斑点をつけ、疲労困憊して顔はやつれていた。体を動かさずに、目であたしの目を捕らえつづけていた。

「やめるな」と彫像がしゃべった。

でもあたしはやめる段階を過ぎていた。指は、体に縛りつけられた別個の機械のように、あたしの中ですさまじい勢いで動いていた。

「幸せだと言うんだ。とても幸せだと言うんだ。幸せだと言うんだ」と彼がやさしく囁くように繰り返した。

「幸せ幸せ幸せ幸せ」

あたしは永久に痙攣が止まらなくなるのではと怖くなり、それが弱まっておさまりはじめたとき、目を閉じてもう一回試した。そのあと、目が開けられなくなった。重苦しく抗えない眠気に襲われ、目を閉じたままでいた。

クラリッサが尋ねるのが聞こえた。「録音できた？」

「静かに、クラリッサ」

「ヴィクターはそれ聞いてイクはずね。フア〜」と彼女があくびをした。「おやすみなさい、天才さん」

あたしは体を起こしてロジャーに顔を向けた。「録音したの？」ほとんど言葉にならなかったか、自分が口にしている言葉が信じられなかった。

「なんだよ、寝てたんじゃなかったのか？」

「録音したのね」とあたしは涙で目を泳がせて繰り返した。まるで、トランス状態からパッと抜け出したら見知らぬ他人のそばに真っ裸でいたような感じだった。頭が震えだした。皮膚はネバネバして冷たかった。身震いした。エアコンの冷気が骨に浸透してきたから、服の束をつかんだ。Tシャツを頭からかぶり、ベタベタした脚を白いジーンズに必死で押し込んだ。

「あわてないで」とロジャー。「あわてないでベイビー。きみは取り乱している。体の緊張を解くあらゆる利益を台無しにしている。自分をだめにしようとするのはおやめ、ハリエット」

「そのテープをだめにしてやりたいわよ」とあたしは叫んだ。「あんたに出会ったことを忘れたい。陥れられた。すべて計画したことだったんだ。あんたたち全員が、あんたの堕落した仲間があたしを笑ってるのはわかってるんだから、あたしが張り詰めてることをすごく心配してるフリはやめて」ロジャーを直視できなかった。自分を独房に隔絶することしか考えられず、それしか見えなかった。二度と独房を離れまいと心に決めた。

　ロジャーに片手をつかまれた。寒いと思ってはいたものの、乾いた手で触れられその暖かさを感じるまで、凍えそうになっていたことに気づかなかった。彼の横にまたすわらされた。

「氷みたいだ。いいかい、お聞き。聞いておくれ。少しでいいからきみの時間をぼくに差し出して、信頼しておくれ。本来の、美しく、柔らかく、おおらかな女性になっておくれ。きみは天使のように現れた。なめらかにたっぷりと、すべてを出しきった。きみを誇りに思うよ、ベイビー」

「誇りになんか思えない」とうめいた。

「テープを再生してあげようね。きみがどれほどステキか聞いてみて」

「いやッ」とあたしは大声を上げ、身を護ろうと耳をふさいだ。

「ともかく一度聞くんだ、ぼくのために」と彼が強い口調で取引した。

「絶対イヤ！」クラリッサが意地悪くククと笑うのが聞こえた。「よくもそんな――あたしのことが好きなんだと思ってたのに」

「よくもなんだって？」彼は当惑しているという演技をやりつづけていた。

「あたしをだました」と叫ぶ。「すべて仕組まれてたのよ。耐えられない。一度だってこんなことやったことない。刑務所にブチ込まれろ。強姦魔。変態」あたしは、毛が生えていないいつるんとした彼の胸をこぶしでたたいてやりたかった。

「大騒ぎするなよハリエット。なにわめいてるんだ？　きみがぼくの部屋に押しかけてきたんじゃないか。居すわって、ぼくの首に息吹きかけて、なにかおもしろいことはないかと嗅ぎまわって。楽しんだ挙げ句にわめき出すとはな。ベイビー、なんのつもりだ？」

「そんなんじゃなかった」とあたしは抗議し、泣き出した。リビーのことが頭をよぎった。

「どうしたらいいの」自分のうめき声が聞こえた。

「後悔とか罪悪感とか、きみはそういうものにスリルを感じるのか？　なんなんだよ、自分を責め立てるこの場面は。きみの悲劇を打ち明けてくれよ」

「なにやったかわかってるくせに、このブタ」

ロジャーはわずかに脅すような口調になってきた。「だれもぼくをブタとは呼ばない。そのことは今後のためにおぼえておくといい。そして、きみがさっきやっていたとき、だれもなにも無理強いなんかしなかったことを思い出せ。きみはイキたくてしょうがなかった。それがヒステリーというものか？　欲情した娘はママに承認してもらえないと思うのか？　ママの赤ちゃん処女は上掛けの下でオナニーする許可をもらえなかったのか？」

「やめて」また耳をふさいだ。「あたしがやったんじゃない。ただ起こっただけ」

「なるほど」とロジャーがすかさず言い返した。「これはシナリオだと。きみは自分の部屋に一人でいて自分のことにかまけていて、物事が起こっただけ。起こったとききみはそこにいもしなかった。すごいな」とまたかぶりを振る。「ぼくはきみの演技にだまされたわけか。おめでとう。キュートな女の子の映画に引っ張り込まれるなんて、ずいぶん久しぶりだな」

「なに言ってんのよ」あたしは大声を上げた。混乱し、脳が湯気を上げて濃い霧になった。「そういうゴミみたいなことまくし立ててあたしを笑いものにするなんて」濃い霧が目からしみ出した。「あんたの仲間とヴィクターとかいう化け物を愉しませるために、あたしをだまして見世物にするなんて」

「テープのことで大騒ぎしてるのか？　あのエロチックな傑作のことで」笑い声を上げる。「ぼくはヘニー・ペニーが壁をよじ登ってるテープとフィルムを持ってるよ。それに比べたら、きみのは聖歌隊のリハーサルみたいなものだ」

「ヘニー・ペニーみたいなのが完璧な女性だなんて思えないわよ」とあたしが金切り声を上げた。

「んん？」と寝ぼけた声がした。

「寝てろ」とロジャーが彼女に言い、「ヘニー・ペニーはすばらしい」とあたしに伝えた。「どんなことも彼女の喜びを邪魔できない。彼女から学べることがいくつかあるよ。彼女は決して自分自身を見失わず、物事がただ起こるどこかのバカな夢の国にいるんじゃない。起こることに主体的に関わり、快楽を味わう。自分の場所で邪魔されず最大限に。それが彼女のトリップ。彼女は恍惚でトリップする。どんな女にもできることじゃない。できないならそれでもいいんだ、ハリエット。だが、乗り気だという振りをしてそれを求めてまわり、それからレイプだと大声でわめいてはいけない。そんなやり方じゃ友だちはできないからね」青白い顔に黒ずんだベルトみたいな歯を見せて笑みを浮かべた。

彼は立ち上がり、伸びをし、指を動かし、ぶら下がっている赤い電球のスイッチを切った。しばらくなにも見えなかったが、明るい空白のブラウン管が発する鈍い灰色の光で、ロジャーと部屋の輪郭が浮かび上がった。陽が射しはじめてもいたが、それは閉じたカーテンの陰に抑え込まれていた。ロジャーが窓辺に歩み寄り、カーテンの一方を開けた。わずかな光が、肌寒くみすぼらしい部屋におさまった。エアコンを消してほしかったのに、消してくれなかった。

「そろそろ解散しないと」とロジャーがつぶやいた。「雨がひどくなりそうだ」生っちろい胴体を光らせ、ジーンズを細い腰でたるませたまま、こっちに向かってくる。それをずっしりした革のベルトで調節する。頭に描いていたよりも、やせて背が高かった。リクライニングチェアに腰を下ろし、テープレコーダーを持ち上げて膝に乗せた。あたしはその足下の自分の場所に張りついて、相手を見ていた。

「ほら」と彼が言い、一巻きの茶色いテープを放り投げた。「やるよ。ぼくからきみへのプレゼント。証拠を破棄して、事はただ起こっただけっていうきみの筋書きにしておけよ。もっといいのはさ、なにも起こらなかったって振りでもすればいい。さあ、自分とそれを持って出ていけ」

あたしの横、すり切れた絨毯の上にテープが落ちた。さわれない。使えない。おかしなほど関係ないこと、つまり、それは缶切りでは再生できないということが頭をよぎった。クロードはテープレコーダーを持っていた。ロジャーはテープレコーダーを持っていた。あたしだけがなにも持たずに死に絶えた世紀でグズグズしていた。廊下の向かい側の汚らしい檻にはテープレコーダーがない。テープの重大性を必死に思い出そうとした。もちろんそれは大した問題じゃなかった。問題なのは、ロジャーとの関係が耐えがたく変わったことだった。それを彼に説明する時間が必要だった。

「出てけ」とロジャーがいかめしく腕を組んで言った。「なに待ってんだよ、護衛部隊か？」あたしに与えられているのは、時間ではなく、あたしを追い出そうとする敵だった。

あたしは両脚を自分の体に押しつけ、倒されまいと身を守るようにしっかり脚を抱いた。

「お願いロジャー、話しましょう。二人のあいだになにもなかった振りはしたくない。あたしはここ半年間に、一年間に、いいえ五年間に感じたことがないほどこの数時間であなたと通じ合った。大人同士として話し合いましょう。あなたは話を聞いてくれさえしない」すすり泣く。「お願い、フェアにやって」

長い沈黙が流れ、ロジャーはあたしに答を返すつもりがないのではとパニックになった。返答を待っているうち、気分が悪くなりかけた。

「フェアだと」ロジャーは爆発した。「ハリエット、きみの本じゃなにがフェアってことになってるんだ？　ぼくが自分を撃ち殺したらいいのか？　きみの愚かな罪悪感を受け入れたら満足なのか？　一晩中寝ないできみのやることを手助けしてやったことをあやまればいいのか？　きみはオナニーをやめられないいやらしい小娘だってことを絶対に言い触らさないと、名誉にかけて誓えばいいわけか？　そうすればぼくはお許し願えるのか？」

「やめて」とあたしは小声で言った。「どうしてそんなに腹を立てるの？」

「どうして腹を立てるのかって？」と彼が苦々しく繰り返した。「ぼくは、大声で助けを求めてここに押しかけ、ぼくの血の最後の一滴を搾り取ったあとで、ぼくの動機についてとんでもない非難をする使いものにならないやつ、ろくでもないやつにご奉仕するお人好しでなくちゃならないのか？」

あたしは弁解できなかった。割り当てられたスペースを手探りしてマルボロを見つけた。箱はつぶれていて空っぽだと思ったら、幸いぺちゃんこになったタバコが二本残っていた。火をつけて吸ったとたん動悸がしてきて、なにか巨大な手で揺すられはじめた。

「なんだよまったく」と抗議したロジャーの声に、あたしは不安げな響きを感じ取った。「きみがぼくに押しつけているこのくだらない場面が信じられない。対処できない。どうすればいいのかおしえてくれ。きみを傷つけるのはいやだ。きみが自分の気ちがいじみた問題に責任がないのはわかっているが、ぼくも生身の人間だからね。はっきり言ってしまおう、きみの張り詰めた心の働きは謎だよ。なにを言ったらいいのかおしえてくれ、言うからさ。詳しくおしえてくれ。ぼくはフェアじゃないのかもしれない。ぼくがすわってるところで二人の人間が言い争っている。一人はイッた、もう一人はイカなかった、そしてイッたほうは文句を言っている。きみはイクのが嫌なわけ？」

「そうじゃない」

「話すときはこっちを見ろ」

「そうじゃない」とあたしは彼の顔をのぞき込んで繰り返した。部屋が明るくなるにつれ、彼の顔は老けてきた。

「それはいい知らせだ。ぼくがそばにいたこと、ぼくに触れられたこと、ぼくのにおいで気分を害したのか？」

「ううん」とすぐに答えた。「もちろんそんなことない」

「それならやっと話が合いそうだ。これからはわからないが」

「テープよ」と、相手のキレやすい性格のまわりを慎重にめぐりながら静かに言った。

「テープは渡したじゃないか」と彼が声に激しい憤りを込めて言った。「ほら、きみの横にあるだろ、おみやげだ、こっちのおごりで。さあ、このクソな裁判を閉廷させてくれないか」

夜明けの薄暗い光が明るくなってきた。処刑を待つ気持ちはどんなものか、ぼんやりわかった。

「待って」とあたしは嘆願した。「やめて。テープじゃない。もちろんテープなんて気にしない」言葉が続かなかった。胸の真ん中に近いあたり、心臓の横に、鈍痛を覚えた。それは息をするたび強くなり、別個の傷ついた生き物が肺の中に居すわったような、妙な感じに襲われた。

「早くしろよハリエット、聞いてるんだから。一晩無駄にした上に、今日一日くれてやるつもりはない」

「ショックだったのよ」頭を安定させておこうとしたら顔が痛んだ。

「どんなショックだよ」とロジャーが詰め寄った。

「あなたがなにをしてるか言ってくれてたら、あたしが……」発言はおろか、考えも完了できなかった。またしても、胸の中に居すわっている歓迎できない住人があたしとは別に苦悶に身をよじっていた。

「ちょっと待てよハリエット。ぼくがなにをしてるかわかってただろ。機械のスイッチ入れるとこ見てたんだから」怒りを抑えながら表情を張り詰めさせ、身を乗り出す。

「見てなかったわよ」と、おぼろげな記憶を寄せつけまいとしながら叫んだ。

「ベイビー」と彼がイライラし、声を潜めて警告した。「ぼくはきみの心の病を見つけてやろうとしてるんだ。相当我慢強くやってるつもりだけど、嘘を受け入れるわけにはいかない」

「嘘なんかついてないわロジャー。ほんとよ、嘘なんかつかない」

「ああ、そうだろうよ。きみは嘘をつかない。でっち上げる。きみの空想世界では、どっちが自分に都合がいいかによって物事は起こる、もしくは起こらない。ぼくは正気じゃないんだろ？　きみはそう言ってるんだろ？　これはぼくの空想だと。機械をオンにするところをきみが見ていたというのはぼくの夢だったと」

テープレコーダーにかぶさっているロジャーの、揺らいでいるが鮮やかな蜃気楼が、二人のあいだでパッと光った。

「でもそれはもっと前のことよ、リビーのとき」とあたし。ズタズタになって残っている激しい怒りが溶けて、苛立ちと絶望に変わってきた。

「で、きみが主役になったとき、ぼくはスイッチを切ったと言ってるわけ？」

「ちがう、ちがうの、だけど忘れてしまった」

「だからぼくは問い詰められてるの？　忘れてしまったから？　それが理由で尋問されてるの？　きみには三歳児の記憶力しかないために？　答えろよハリエット、それとも偏執的に非難するネタが尽きたか？」

「そんなに責め立てられたら考えられない」かん高く、か細く、自分でも聞きおぼえのない声が出た。「二人のあいだの内密なことだと思ったのよ。そしてクラリッサがヴィクターのことを口にしたとき」クラリッサがうまくいってよかったわねというようなことを言ったのを聞いて、なぜ激しく動揺したのか思い出せず、涙が出た。「死んじゃうかと思ったわ」

「遠からずそうなるさ」とロジャーが怒って言った。

そのとき、彼はあたしを許すつもりなどないとわかった。自分が犯した罪についてはほとんど思い出せなかったが、有罪となるのは明らかだった。ロジャーはすわってあたしを眺めていた。軽蔑の波が砕けてあたしの中に入ってくる。軽蔑されるなんて耐えられない。膝まで頭を垂れ、波に呑まれるままにした。波の下に沈んでほっとした。溺れかけている女が死に物狂いで叫ぶのが聞こえたが、あたしは頭を上げてそいつを探そうとはしなかった。抵抗せずに沈んだ。力強い腕が腋の下に差し込まれ、沈んでいくあたしを持ち上げた。救助者は自分の膝にあたしを引き上げた。その胸に身を寄せた。息が詰まり、肺が裂けそうだった。彼は自分の首のくぼみにあたしの頭を押さえ込んだ。

「吐き出せ」と彼が促した。「放て」

閉じ込められたうめき声が喉に詰まった。体の中に置き去りにされた生き物が通れる道をつくろうと、大きく口を開けた。

「いいぞ、その調子」とロジャーのしっかりした声に導かれた。「悪魔を出してしまえ」

あごが痛んだ。開けた口がさらに広がり、人間のものとは思えない不気味な音が飛び出した。なにかはわからないがあらゆる臓器にしっかり巻きついていたというように、それは果てしなく流れ出た。それは腸から離れ、腹を這い抜け、肺をすべった。そして空気を求めてあえぐあたしを残し、逃げていった。ロジャーの肩に力なく頭が落ちて、あたしは部屋の沈黙の一部になった。ロジャーがあたしの髪をなでた。あたしは彼のにおいを吸い込んだ。肌はかすかにアンモニアのにおいがした。あたしの髪を注意深く耳の後ろにかけてくれるのがわかった。

「すばらしかったよ」と彼があたしの耳に囁いた。「すばらしいよ、ハリエット。きみが誇らしい」

話す必要はなかった。ロジャーの膝にいっそう深くもぐり込んだ。彼の激しい怒りはおさまった。処刑のあとに刑の執行延期を言い渡されたみたいだった。

「ぼくら、ああいうブレイクスルーは見たこともないよ、千ミリグラム足らずでは」あたしを両腕に抱えて揺らす。「ベイビー、悪いものを吐き出したね。きみはすばらしい」あたしを胸から押しのけ、顔を調べ、抱きしめる。「顔が変化した。すばらしい。気分はよくなった?」

「ええ」ロジャーに承認されて、あたしは満足感でいっぱいになった。

「よかった。ベイビー、そこに到達するのにとてつもない苦しみを味わったのは気の毒だったけど、きみは取り除くべき一生分の苦しみを抱えている。苦しむというきみの能力は、喜びを感じる能力があるという証拠だよ。すごい、なんという可能性だ。こういうセッションをあといくつかやれば、きみは飛翔するだろう。鳥のように、光り輝き空高く舞う美しい鳥のように。ぼくにはわかった」高揚感を爆発させて、「きみが部屋に入ってきた瞬間にね。ぼくは眠っていなかった。恥と敵意と嘘と攻撃性の下には、愛すべき傷つきやすい少女がいる。彼女が完全なる存在になるには」とあたしをそっと揺らし、「彼女を受け止める本物の男がいないとね」。

指関節でそっとあたしの頬をなでる。

「ロジャー」と疲れた声で言った。「いっしょに連れていって」彼といっしょにいる必要があるだけで、伝えるべき理由はなかった。あたしは椅子の肘掛けに手をかけてバランスを取りながら体を起こした。「あなたといっしょじゃなきゃだめなの」彼の腕の外で生きることなんて想像できない。

ロジャーはあたしの太ももを軽くたたいた。「成り行きにまかせよう、ハリエット。近いうちにニューヨークへ戻ってくる。そのとき二人でそのことを考えよう」

「いやよ、いや、考えたくない。あたし怖い、別れ別れになったらきっとそれっきりだもの。ロジャー、あなたといっしょじゃなきゃだめなの。ひとりきりじゃいられない。あたしどうなるの？」不安になってしがみつく。

「無理強いしちゃだめだよハリエット、考える時間が要るんだ。きみを衝動的に協会へ連れていくわけにはいかない。ヴィクターは嫌がるだろうし、それは正しい。協会は大変なところだ、特に女性には。彼女たちは協会の心臓であり手だからね。料理をし、農作業をし、キャビンを掃除し、男性のあらゆる要望に喜んで応えなくちゃならない」

「あたしの人生がそれ以外のものだったためしなんてない」と叫ぶ。「でも、いまは目的をもってそれをやろうとしているの。お願いロジャー、あたし学ばなくちゃ、学びたいの。協会へ連れてって」

「だめだ、ぼくの決心に逆らわないでくれ。言っただろう、ヴィクターに話してみるって。彼が同意したら、きみのところに人をつかわす。だからテープが必要なんだよベイビー、きみが協会にふさわしいとヴィクターにわかってもらうために。ぼくたちはきみに覚悟ができていると確信しなければならない。チェックインしてチェックアウトできるホテルじゃないからね。永遠に身を捧げるということ。そう」と険しい顔をする。「危険を冒すわけにはいかない」

「お願いロジャー、危険を冒して。あたしに賭けて。もういくつかセッションする必要があるって言ったでしょ。あたし鳥になりたい。あなたといっしょに飛びたい」

「いいかいハリエット、約束しちゃならないけど約束しよう。開くことができる、毒を取り除くことができるきみの能力には感心してる。そのことをヴィクターに伝えよう、そうすればきっと協会に加われる可能性が高まるだろうから」

あたしは体の前で両手を握りしめた。「ああ、ありがとうロジャー」

「楽にして」ロジャーが握っていたあたしの手を包んだ。「疲れたかわいそうなベイビー。今夜は働きすぎたようだ。体を休めなくちゃ」あたしを膝から下ろすと、自分の太ももを揉みほぐした。「きみは本当にすばらしい女性だよ」と軽く言う。

あたしは彼の前に無言で立ち、彼がいないあいだやりすごせるんだろうかと悩んだ。ロジャーはその鋭い感受性で、あたしの不安を察した。

「約束しただろうハリエット。信用しておくれ。可能性は高い。さあ、動いて。血が固まっちゃうよ。ぼくのシャツを見つけてくれるかな。ヘニー・ペニーがどこかに掛けたんだ」

通り道から部屋を押しのけて歩かなくてはならないような感覚を覚えた。クローゼットのドアの外に、メキシコ製のラフな白いシャツが掛かっているのが目にとまった。

「これ？」

「いい子だ」と言うと頭からそれをかぶり、体を震わせた。「ここ寒いな。寒くない？」

「寒いかも」

「だったら自分を苦しめるのはやめて、エアコン止めなよ」

そのエアコンは大昔の代物で、不安感が背骨を這い上がるなか、あたしは不可解な取っ手やボタンと格闘した。必死になって壁からプラグを引き抜くと、ロジャーのところへ小走りで戻った。彼はまたリクライニングチェアに腰かけて、スエードのブーツと格闘していた。あたしは正座して彼を見ていた。

「ロジャー、あたしのことが好き、そうでしょ？」

「ベイビー、愛してるよ」片方のブーツに足を入れる。

それが聞きたい言葉だった。「わかってる」とあたしがそっと言った。さっきロジャーの波のような怒りに打ちつけられたように、いまは平穏な彼の愛に包まれ安らいでいた。

彼が真っ白なシャツからやつれた顔をのぞかせてあたしに笑いかけた。「きみが役に立つ従順な子だというところを見せて、ヘニー・ペニーを起こしてきて。でも静かにね、クラリッサを邪魔しないように」

　あたしは親密な時間を長引かせたかった。マルボロを手に取った。つぶれているが、手つかずのが一本残っていた。

「よせ」ロジャーがタバコを取り上げ、裂いた。「吸うんじゃない」あたしは唇がムズムズし、指が引きつった。従うほかなかった。

　クラリッサのネグリジェと彼女のボーイフレンドのボンゴが二人のベッドの足下にあった。あたしはそれらをよけて音を立てずに動いた。クラリッサはミュージシャンのやせた肩に頭を乗せ、その腕の中でぐっすり眠っていた。どこから見ても二人は満ち足りたカップルだったから、一つの棺桶に入ってああいうふうにいっしょに埋められたらとてもいいだろうと思った。

　ヘニー・ペニーが目覚めてるのか眠ってるのかはっきり見分けるのは容易じゃなかった。腫れぼったいまぶたがピクピクしているのを除いては、表情は変わらなかった。彼女はしわが寄ったインド製のミニドレス姿でなにもつぶやかずに起き上がり、眠気でボーッとしながら部屋をうろついた。

　ロジャーが電話で小声で話していた。会話の断片が聞こえた。「ヘイディはあんたを愛してるんだ」、「もちろん、モントリオールのほうはまかせて」、そして「じゃあ五時間後」と締めくくった。

「出発しよう」と彼がだれにということなく言った。

「そんなに疲れてて長い時間運転できるの？　コーヒー淹れましょうか？」

「ヘニー・ペニーが眠らないようにしてくれるよ」忠実な小人に向かってこわばった笑みを浮かべる。彼女は細心の注意を払って部屋を点検し、忙しく自分たちの持ち物を集めていた。あたしたちは同時にテープを見つけ、あたしが勝った。

「ロジャー」と息を切らしてそれを差し出した。「テープ忘れないで」

彼は受け取るのを拒んだ。「ヘニー・ペニーに渡して」

「彼女、失くしたりしない？」なにを考えているかわからないラバに、とっさに不信感を抱いた。彼女は、デニムジャケットと重いテープレコーダーとキャンバス地のバッグとカウボーイハットで手いっぱいだった。

「あの」とあたしがこわごわ言った。「あたしがあなたと行って、あなたがそれをヴィクターに渡すあいだ車で待つことにしたら、いっしょにモントリオールへ行けるわよね。信じてもらえないかもしれないけど、あたし本当にカナダが大好きなの」

ロジャーがドアを開けた。クラリッサを起こさないように、三人ともほとんどつま先立ちで歩いていた。「心配しなくていいよハリエット。きみを呼びにやるって言っただろ」

「でもいつ？　あたしここに二十三日までしかいないのよ。そのこと言ったっけ。二十三日過ぎにはどこにいるかもわからない。パリかも。プラハかも。ローマかも」

あたしは疑念に捕らわれ、この階にゆっくりときしみながら上がってくるエレベーターの音とともにヒステリーが高まっていった。ロジャーは下行きのボタンに指を押しつけたまま、イライラしながら金属の矢印を見つめていた。あたしを見ずにしゃべった。

「どうしても用事があるとき以外は自分の部屋から出るな。知らない相手に話しかけるな。それから」と視線を落としてあたしをにらみつけ、「なにがあっても、協会のことはだれにも話すな」。

命令されてうれしかった。ロジャーを完全に信頼するようになっていた。二人はかごに入っていき、ロジャーがヘニー・ペニーからカウボーイハットを取って自分の頭に乗せた。広いつばの下に顔が消えた。

「だれにも言わない」とあたしが誓うと、エレベーターのドアが閉まり、別れのあいさつを断ち切った。

あたしの独房は、逆上したヤク中が荒らしたようなありさまだった。それなら、そいつがツナにアレルギーがあるのを願うしかない。乱れた小さなベッドに横たわると、疲れ果ててなにも感じなかった。手つかずのマルボロの箱を開け、茶色と白の円を見つめた。なんの考えも浮かばず、耳をそばだて待っていることをぼんやり自覚しているだけだった。

解説　ハリエットの災難

若島正

何年前だったか、もう忘れてしまったが、スーザン・ソンタグの日記『私は生まれなおしている——日記とノート一九四七—一九六三』（木幡和枝訳、河出書房新社）を読んでいて、まさかこの人にこんなところで会おうとは、という体験をしたことがある。

一九五七年に、ソンタグは一時アメリカを離れ、一人息子のデイヴィッドを連れてパリに渡り、ソルボンヌ大学に通いながらボヘミアンな空気に触れた。パリ到着後、ソンタグはそこで出会った人々について短い覚書を日記に残している。アレン・ギンズバーグも出てくるそのリストの中に、こんな人物の名前を発見したのだ。

アイリス・オーウェンス——ニューヨーク出身、二八歳、「ハリエット・ダイムラー」の筆名でポルノを五作書いた——目のまわりに黒々とした濃いメイク（なんらかの炭素が混じっている）――一度結婚……バーナードではクラス一の秀才で、コロンビア大の大学院に行き＋［ライオネル・］トリリングのもとで学ぶことも考えた。タキスというボーイフレンド（ギリシア人の彫刻家）。

さらに、それから数ヵ月たって、こんな記載もある。

ハリエット・ダイムラーという名の、まったく物おじしないユダヤ人のポルノ作家について：「彼女は最先端《ヒップスター》なのよ、ものごとにこだわらない」。

どうしてこの記載に驚いたのか。それは、ポルノ出版社として悪名高かったパリのオリンピア・プレスに集まった作家たちの中でも、才女として知られた「ハリエット・ダイムラー」ことアイリス・オーウェンスこそ、わたしがこのところ関心を持ち続けている作家の一人だったからだ。

ジョン・ディ・セイント・ジョアの名著『オリンピア・プレス物語――ある出版社のエロティックな旅』（青木日出夫訳、河出書房新社）の記述によれば、アイリス・オーウェンスは一九五三年に二十歳の若さでアメリカを離れて新天地のパリに渡り、ほとんど一文無しの状態でいたところに知り合ってその後恋人になった、前衛文芸誌『マーリン』の編集人だったアレグザンダー・トロッキ（『ヤング・アダム』の作者）の仲介で、オリンピア・プレスの社主モーリス・ジロディアスに紹介され、ポルノ小説を書くことになった（ちなみに、ソンタグの記述とセイント・ジョアの記述は、アイリス・オーウェンスの年齢について食い違っている。彼女自身の話もころころ変わっていたらしく、正確な生年はいまだに不明のままである）。審査用の見本原稿を送ったところ、ジロディアスから採用通知を受け取ったが、「言葉一つ一つがすべて性的である必要はない」との評を頂戴したという。ジロディアスも赤面したほど過激なこの作品が、ハリエット・ダイムラー名義でのデビュー作*Darling*（一九五六年）で、彼女はそれから三年間のうちに、〈トラベラーズ・コンパニオン〉というオリンピア・プレスを有名にした叢書（ウラジーミル・ナボコフの『ロリータ』もその中に含まれている）から五冊を出している。男性による男性のための製品が大量生産されるこの業界で、女性ポルノ作家ハリエット・ダイムラーはオリンピア・プレスの看板娘になった。オリンピア・プレスで話題作『キャンディ』（一九五八年）を出したテリー・サザーンは、彼女のことを「女神ジュノーばりの美貌の持ち主」だと評し、ジロディアスが本当に愛した女性は彼女だったが、その愛は報われなかったと書いている（本書のカバーに使われているのは、当時の彼女の写真）。そして彼女に近かった人物の証言によれば、彼女は『ロリータ』の手直しに携わったことがあると言っていたらしい（もちろん、にわかには信じがたい話だが）。

ここで書いておかねばならないのは、アイリス・オーウェンスがハリエット・ダイムラー名義でオリンピア・プレスから出した五冊が、ジャンル・フィクションとしてのポルノ小説という枠にははまりにくいということだ（唯一、ポルノ小説の範疇に完全に収まっていると思えるのは、二冊目の *Pleasure Thieves* だが、これはマリリン・ミークスとの共作であり、アイリス・オーウェンスの貢献度は低いのではないかと想像できる）。そもそもデビュー作の *Darling* にしたところで、レイプされたヒロインの女性がその犯人を探し出して復讐を果たそうとする、後のリヴェンジ・ホラーにつながるような筋書きを持ったレイプ・ファンタジーだが、狂気に接近したその文章の強度は圧倒的で、これを普通のポルノ小説として消費できる読者は想像がつかない。四冊目の *The Organization*（一九五七年）は、サドの『閨房哲学』をいわば実演してみようとする「組織」こと似非哲学集団に属した男女の話で、一見すると難解で高尚に聞こえる疑似哲学的な造語が会話の中で連発されるという、アンチポルノと呼んでもいい作品。そして五冊目の *The Woman Thing*（一九五八年）に至っては、当時の恋人だったアレグザンダー・トロッキとの同棲生活に題材を取ったもので、闘争とも言えるような男女の会話が延々と続き、読者が期待していたはずのセックス場面もほとんどなく、もうポルノ小説の枠をはみだして完全に普通小説になっている。

彼女は一九七〇年にはニューヨークに戻って、グリニッチ・ヴィレッジのコーネリア通りにあるアパートの六階に住み、二〇〇八年に肺癌で亡くなるまでほとんどそこを出ることがなかった。彼女の父親はプロの賭博師で、そのために子供の頃には住まいを転々としていたというが、（父親譲りの血が流れていたのか、彼女は賭けポーカーの稼ぎで食っていたという本当か嘘かわからない話まである。男友達の中に、ジェリー・ロビンソンというＩＢＭに勤務していた数学の天才がいて、この二人はチームを組んでポーカーで荒稼ぎをしたこともあるらしい。この頃のポーカー仲間に、ウッディ・アレンがいた。映画『マンハッタン殺人ミステリー』（一九九三年）には、ウッディ・アレン演じるラリーという編集者が担当している作家で、マーシャ・フォックスというポーカーの得意な女が出てくる。アンジェリカ・ヒューストンが演じているこの女性作家は、アイリス・オーウェンスをモデルにしたと言われており、なるほど彼女の写真から判断すると雰囲気はそっくりだ。

アイリス・オーウェンス（1983年頃）〈ブックフォーラム〉（2011年12・1月号）より

この頃、オリンピア・プレスで量産していたときから考えるともう十年以上も作品を発表していなかった彼女は、ふたたび小説を書きたいという意欲を持っており、それを知り合いたちに向かって口にしていたが、そのような生活ではとても執筆に専念することなど無理だった。しかし、ある男性の子供を身ごもり、堕胎手術を受けるという体験を経てから、ついに懸案の小説に取り組むことを決心した。そのとき、彼女の頭の中にあったのは、「あたしはクロードに捨てられた、あのフランス人のドブネズミ」という、書き出しのたった一行だったらしい。それを「捨ててやった、クロードを。あのフランス人のドブネズミ」という文章に変更したとき、いわばコペルニクス的転回が起こり、小説の骨格ができあがった。しかし、執筆は難航した。何度も書き直しがされた下書き原稿は、いつも彼女の部屋の床に散らばっているありさまだったという。見るに見かねた友人の一人が、タイプで清書原稿を作る役を買って出た。こうして難産の末に、ようやく一九七三年にアイリス・オーウェンスの本名で出たのが、本書『アフター・クロード』という大傑作である。

この小説の内容に触れる前に、ちょっとしたエピソードを紹介しておこう。『アフター・クロード』を出した出版社はファラー・ストラウス・アンド・ジルー（FSG）だった。ところが、アイリス・オーウェンスは創業者の一人であるロジャー・ストラウスとそりが合わず、一九八四年に二作目の *Hope Diamond Refuses* を出したときには版元をクノッフ社に変えている。同じFSGお抱えの作家だったスーザン・ソンタグとは好対照だ。ロジャー・ストラウスはデビュー前のソンタグを大いに気に入って、新進気鋭の女性小説家・批評家として売り出そうとキャンペーンを張った。そしてその宣伝作戦がみごとに的中したのが、言うまでもなく『反解釈』（一九六六年）だった。ソンタグが二十世紀を代表する女性知識人にまでのしあがったのに対して、アイリス・オーウェンスは知る人ぞ知るという程度の人物にとどまっているのが、実に残念だ。

さて、ある女性の地獄落ちを描いた『アフター・クロード』という小説は、「捨ててやった、クロードを。あのフランス人のドブネズミ」という、忘れがたい文章で始まる。語り手である女性の名前はハリエット。つまり、ペンネームとして使ったハリエット・ダイムラーをいわばここで登場させているわけで、パリに住んでいたことがあるという経歴からしても、この主人公がアイリス・オーウェンスの歪んだ自画像であることは容易に想像がつく。

物語の冒頭で、ハリエットはクロードと一緒に映画館から出てくる。観た映画は、どうやらピエル・パオロ・パゾリーニの『奇跡の丘』（一九六四年）らしい。キリストの生涯をリアルに描いたこの映画を、ハリエットはそれこそボロクソに酷評する。「連中、たっぷり三十分はかけて木の釘と槌で本物っぽい十字架にキリストをゆっくりきっちりコンコン打ちつけるから、手相観るのが趣味って人なら、イエス・キリストの運命に関する世界的権威になれるかもよ」。ハリエットの口からは、ほとんど毎ページと言ってもいいほど、速射砲のように、こうした毒々しいウィットに富む悪口雑言が連発される。アイリス・オーウェンスを「レニー・ブルースの女版」と評している人がいるのもうなずけるほどだ。この小説の読みどころはまずその冴えまくっている文章にあり、どのページを開けても引用したくなる文章が目につく。たとえばこうだ。「『あたしがはた迷惑？』ネズ公ごときがよくもそんなわけわからん非難を口にできるもんだと驚き呆れて笑った。それ以来あたしは、女の知性に追いつめられた男がどんな手段に訴えようともビックリしないことにしている」。

こんなに辛辣なハリエットだが、読者は途中でどうも妙だと気づく。彼女は実際はクロードに拾われて、彼のアパートに住んでいたが、そこを追い出されそうになって籠城作戦を取り、最後には強制的に退去させられる。つまり、冒頭の一文「捨ててやった、クロードを」は、語り手の強がりあるいは幻想であり、実際のところは、クロードに捨てられたのだ。ハリエットのことを究極の「信頼できない語り手」だと呼ぶ評すらある。

住む場所を見つけるために悪戦苦闘するハリエットの姿（そこに作者自身の子供の頃の体験を重ねてみてもいい）は、いかに悲惨なものであろうが、極端なまでに滑稽であり、ゲラゲラ笑える。それは、ハリエットが抱いている幻想が、悲惨な現実から目をそらせて彼女を守る、防御装置にもなっているからだ。もしこの小説がそこで終わっていたら、クレイジーなコミック・ノヴェルとして評価されていたかもしれない。

ところが、ハリエットがクロードに捨てられた後、「協会」という組織にたまたま近づいてしまってから、この小説のトーンは次第に暗くなる。ハリエットのキレキレのウィットも少しずつ影が薄くなっていく。そして最終章は、なんと信じがたいことに、そんじょそこらのホラー小説では太刀打ちできないほどの恐ろしい領域に突入していくのだ。本書の文字どおりのクライマックスは、ロジャーという怪しげな男に裸になって自慰を強要され、まったく思いがけなくも、ハリエットが絶頂に達してしまう場面である。ハリエットの頭の中にある幻想のスクリーンでは、ポルノ映画さながらに、彼女のまわりを取り囲む猥褻な意図を持った裸の紳士たちが、もっとよく見ようと詰め寄ってきている。しかし彼女は、現実にはロジャーは思いやりがあって信頼できる人間で、そんないやらしい意図はないと思っている。ところが、このときだけは、ハリエットの幻想はまったく現実そのものなのであり、現実だと思ったものは単なる願望にすぎなかったのだ。それがわかった瞬間、彼女を守っていた幻想はもろくも崩れ去り、そこには剝き出しになった現実しかない。もはや彼女を守ってくれるものはなにもない。「ベイビー、愛してるよ」というロジャーの言葉だけがハリエットにとってすがりつける唯一ののだが、それが無意味な嘘であることも彼女はもうわかっている。結末のハリエットの姿に寒けを覚えない読者はいないだろう。

ここで、当時の時代背景をごく簡単に説明しておこう。一九六〇年代の終わりから七〇年代の初めにかけて、ヒッピー運動、さらには性革命やカウンターカルチャー運動とも連動するかたちで、アメリカでは自由恋愛を称揚する多くのカルト集団が生まれ、指導者のまわりに若い女性たちが群がることになった。その最も有名なケースは、一九六九年のシャロン・テート殺害事件で知られ、最近ではクエンティン・タランティーノの『ワンス・アポン・ア・タイム・イン・ハリウッド』（二〇一九年）でも描かれた、チャールズ・マンソン率いる「ファミリー」だろう。本書に出てくる「協会」は、その種の怪しげなカルト集団の典型であり、そこになぜ若い女性たちが吸い込まれていったかというケース・スタディにもなっている。もうひとつ考慮しておかねばならないのは、この時期から盛り上がりを見せた、社会的な女性解放運動の機運と、七〇年代を席巻した理論的なフェミニズムである。とりわけラディカル・フェミニズムの象徴的な動きはポルノグラフィ撲滅運動であり、そういった時代の流れにあって、『アフター・クロード』は出版当時はそれなりに好評を得たものの、この作者が期待したような大評判にはならず、次第に忘れ去られていった。この小説がようやくカルト・クラシックスとして再評価されたのは、〈ニューヨーク・レビュー・ブックス・クラシックス〉の叢書に入り、ペーパーバックで読めるようになった二〇一〇年のことである。

この小説の後半で舞台になっているチェルシーホテルは、マンハッタンの七番街と八番街のあいだに位置する、古くからあるホテルで、多くの作家や音楽家、芸術家や役者が長期にわたって滞在する場所になってきた。アンディ・ウォーホルがポール・モリセイと撮った『チェルシー・ガールズ』（一九六六年）はこのホテルでロケを行った実験アングラ映画として有名。他にも、このホテルが中心になっているドキュメンタリー映画としては、アベル・フェラーラの *Chelsea on the Rocks*（二〇〇八年）や、セックス・ピストルズのベース奏者シド・ヴィシャスの恋人ナンシー・スパンゲンが一九七八年にこのホテルで刺殺された事件をめぐる、アラン・G・パーカーの『フー・キルド・ナンシー』（二〇〇九年）が挙げられる。

さらにもう一点、『アフター・クロード』で注目しておきたいのは、映画への多数の言及がハリエットのウィットの中心になっているところだ。それは彼女の教養を表す指標になっているが、彼女がひたすら脳内の幻想で生きている、その完璧なメタファーにもなっている。「ビッチ」役で知られるベティ・デイヴィスの映画が、『情熱の航路』（一九四二年）『愛の終焉』（TV放映題、一九四四年）と二本も挙がっているところが、ハリエットの嗜好をうかがわせて興味深いし（九八頁のポール・ヘンリードは『情熱の航路』でのベティの相手役、一三〇頁のスケフィントン夫人は『愛の終焉』でのベティの役名）、「彼に向かって「ロジャー、あなたの勝ち」と叫びそうになったがそれはだめ、ドリス・デイっぽく彼の手を押しのけなくてはならなかった」（二二四頁）という個所では、男まさりという性格を与えられているために、男性に対するヤワな恋心を素直に打ち明けられない、『カラミティ・ジェーン』（一九五三年）のドリス・デイのことを指していて、この比喩がハリエットにはぴったりだとわかる。しかし、最も気になるのは、映画への言及のいちばん最後になる、ヒッチコックの『ハリーの災難』（一九五五年）についてだ（二三〇頁）。ハリエットは、映画の中身よりも、そこで描かれるヴァーモントの秋の景色に惹かれている。ご存知のとおり、このヒッチコックの映画は、のどかな景色の中に死体が転がっているというおもしろさをネタにしたものであり、ハリーとはその死体だった（ちなみに、『ハリーの災難』という邦題はいささかミスリーディングで、原題の *The Trouble with Harry* は「ハリーが被った災難」ではなく、「ハリーがもたらした面倒」の意味になる）。もちろん、ハリーとハリエットという名前は言葉としてつながる。だとすれば、ハリエットが『奇跡の丘』をけなし『ハリーの災難』をほめる心理には、磔になったキリストのような苦難を味わうよりも、むしろのどかな景色の中で死体になりたいという、安らかな死への願望がひそんではいないだろうか。

実物のアイリス・オーウェンスは、この小説のハリエットに似て、会話の達人だった。〈ニューヨーク・レビュー・ブックス・クラシックス〉版の『アフター・クロード』で序文を書いている、テレビの人気女優でもありユーモアを得意分野とするジャーナリストだったエミリー・プレガーは、アイリス・オーウェンスのアパートを初めて訪れたときのことを「ソファで九時間も狂ったように笑いあった」と書いている。そして友人の一人であった作家のスティーヴン・コックは、「午後三時にコーヒーを飲みにちょっと寄って、気がつくと午前三時までそこにいた」と書いている。こうして多くの人間を魅了したアイリス・オーウェンスだが、彼女といくら親しい関係になっても、それは長続きせず、必ず最後は喧嘩で終わった。彼女とつきあうことは、それこそ災難を招き入れることだった。それを考えると、アイリス・オーウェンスにとって生きることは、男女関係やセックスも含めて、果てしない闘争ではなかったかと思えてくる。しかし、彼女の作品群につねに流れているのは、その過酷な人生を少しばかりでも楽しむための、知的で過剰なユーモアである。『アフター・クロード』の中の言葉を借りれば、「人生というこのフリーク・ショーにユーモアを見ようとする屈託のない人間」、それがアイリス・オーウェンスなのだ。

●アイリス・オーウェンス著作リスト
After Claude（Farrar, Straus and Giroux, 1973）**本書**
Hope Diamond Refuses（Alfred A. Knopf, 1984）

＊ハリエット・ダイムラー名義
Darling（The Olympia Press, 1956）
〈トラベラーズ・コンパニオン〉叢書19番。
Pleasure Thieves（The Olympia Press, 1956）
ヘンリー・クラナック（マリリン・ミークスの筆名）との共著。〈トラベラーズ・コンパニオン〉叢書32番。邦訳『快楽泥棒』（高野圭訳、富士見ロマン文庫、一九七八年）。
Innocence（The Olympia Press, 1956）
〈トラベラーズ・コンパニオン〉叢書33番。
The Organization（The Olympia Press, 1957）
〈トラベラーズ・コンパニオン〉叢書40番。一九六二年に*The New Organization*とタイトルを改めて、オリンピア・プレスから再刊。『淫蕩な組織』（浪速書房）という、一見すると翻訳らしきものが〈世界秘密文学選書〉の一冊として一九六四年に出ている。まえがきによれば、ハリエット・ダイムラーとマーカス・ヴァン・ヘラーが共作をすることにな

って、ロンドンとパリ間の長距離電話であらすじを決めたあと、前半を「ハードボイルドタッチのダイムラー」が書き、後半を「ロマンチックなマーカス・ヴァン・ヘラー」が受け持って完成させたというが、これは大嘘で、中身も「翻訳者」ということになっている清水正二郎（作家胡桃沢耕史の別名義）の完全な創作である。昔のエロ小説の「翻訳」にはよくこういうことがあった。

ちなみに、この〈世界秘密文学選書〉というシリーズでは、「ヘンリー・ジェームズ」の『巨大なベッド』という作品も出ている。えっ、あの巨匠ヘンリー・ジェイムズが幻のポルノを書いたことがあったのか、と驚いてはいけない。オリンピア・プレスから出ていたのは、「ヘンリー・ジョーンズ」の『巨大なベッド』である。

The Woman Thing (The Olympia Press, 1958)

〈トラベラーズ・コンパニオン〉叢書61番。一九六五年に *The Woman* とタイトルを改めてオリンピア・プレスから再刊。

＊その他、アイリス・オーウェンスの著作かどうか、確認できないもの

The Lover (Acroterium, 1968)

ハリエット・ダイムラー名義。ただし、文体や内容からして、ありきたりのポルノ小説であり、とてもアイリス・オーウェンスが書いたものだとは思えない。

Of Little Faith（Taurus Publications, 1969）

ハリエット・ダイムラー名義。こちらはアイリス・オーウェンスが書いた可能性もあるが、真相は不明。

その銃口は、キリストからヒッピーまで、ありとあらゆる者に向けられる。マルボロを吹かしながらポリコレをあざ笑う、不敵な女。しかし、義憤に燃えて論争を挑んでも無駄だ。口で勝てる相手ではない。この女にはまた、常人には太刀打ちできない得意技がある。詭弁、策謀、罵倒、嘘泣き、減らず口、嫌がらせ、強行突破――策を弄し、毒をまき散らして、自分以外すべて粉砕。

そして調子こいてたある日のこと、たまたま手に入れた現在のストレスフリーな寄生生活を取り上げられそうになり、窮地に追い込まれる。だが、寄る辺ない女が我が身の転落を食い止めるためにはひるんではならない。相手はたかがオスの齧歯動物、そう簡単に引き下がるわけにはいかないのである。しかし、気がついたらチェルシー・ホテルの一室にゴミのように捨てられていた。面罵する相手もいなくなったとたん、どう考えても怪しくダサい男の手にあっけなく落ちて、男が所属するしょぼいカルト集団に加わることすら拒まれ、置き去りにされる。

では、涙が出るほど情けないこのような展開を、稀に見るハイブロウな作品として結実させたアイリス・オーウェンスとはいったい何者なのか。そして、原著の刊行からおよそ半世紀を経たいま、この作家が日本で紹介されるに至った経緯とはいかなるものなのか。それについては、アイリス・オーウェンス日本非公式ファンクラブ（IOJUFC）会長、若島正氏渾身の解説をお読みいただきたい。氏の映画通としての本領を発揮したくだりなども含め、オーウェンスについてのこれほど充実した解説は、世界中探しても恐らく見つからないはずだ。

会長が会員二号（訳者）ごときの訳出上のミスなど見逃すはずもなく、朱字という跳び蹴りを容赦なく食らった。一方、担当編集者樽本周馬氏はいつもどおりわずかなほころびも許そうとはしなかったが、本書が大コケした場合に備えるというプロ意識の証なのかファンクラブ入会をためらっているため、現時点における会員総数は二名のみ。

一つだけ取り返しのつかないことがある。

わたしは二度と再びパゾリーニの『奇跡の丘』を真顔では観られない。

二〇二一年八月

渡辺佐智江

著者　アイリス・オーウェンス　Iris Owens
生年不詳、ニューヨーク生まれ。父はプロの賭博師。バーナード・カレッジ卒業後、1953年パリに渡る。前衛雑誌の編集人アレグザンダー・トロッキと出会い、彼の仲介によりオリンピア・プレスにてハリエット・ダイムラー名義でポルノ小説を執筆し人気を博す（デビュー作は *Darling*［56年］）。70年にニューヨークへ戻り、73年『アフター・クロード』を刊行。84年には2作目 *Hope Diamond Refuses* を執筆する。2008年死去。2010年『アフター・クロード』が〈ニューヨーク・レビュー・ブックス・クラシックス〉叢書で復刊され再評価が高まった。

訳者　渡辺佐智江（わたなべ　さちえ）
翻訳家。訳書にリチャード・フラナガン『奥のほそ道』（白水社）、アルフレッド・ベスター『ゴーレム^{100}』（国書刊行会）、アーヴィン・ウェルシュ『フィルス』（パルコ出版）、ビル・カニンガム『ファッション・クライミング』（朝日新聞出版）、レム・コールハース『S,M,L,XL＋』（ちくま学芸文庫・共訳）など多数。

DALKEY ARCHIVE

責任編集
若島正＋横山茂雄

アフター・クロード

2021年9月15日初版第1刷発行

著者　アイリス・オーウェンス
訳者　渡辺佐智江

装幀　山田英春

発行者　佐藤今朝夫
発行所　株式会社国書刊行会
〒174-0056　東京都板橋区志村1-13-15
電話03-5970-7421　ファックス03-5970-7427
https://www.kokusho.co.jp
印刷製本所　中央精版印刷株式会社
ISBN 978-4-336-06063-1

DALKEY ARCHIVE

責任編集

若島正＋横山茂雄

ドーキー・アーカイヴ

全10巻

虚構の男 L.P.Davies *The Artificial Man*

L・P・デイヴィス　矢口誠訳

人形つくり Sarban *The Doll Maker*

サーバン　館野浩美訳

鳥の巣 Shirley Jackson *The Bird's Nest*

シャーリイ・ジャクスン　北川依子訳

アフター・クロード Iris Owens *After Claude*

アイリス・オーウェンス　渡辺佐智江訳

さらば、シェヘラザード Donald E. Westlake *Adios, Scheherazade*

ドナルド・E・ウェストレイク　矢口誠訳

イワシの缶詰の謎 Stefan Themerson *The Mystery of the Sardine*

ステファン・テメルソン　大久保譲訳

救出の試み Robert Aickman *The Attempted Rescue*

ロバート・エイクマン　今本渉訳

ライオンの場所 Charles Williams *The Place of the Lion*

チャールズ・ウィリアムズ　横山茂雄訳

死者の饗宴 John Metcalfe *The Feasting Dead*

ジョン・メトカーフ　横山茂雄・北川依子訳

誰がスティーヴィ・クライを造ったのか？

Michael Bishop *Who Made Stevie Crye?*

マイクル・ビショップ　小野田和子訳

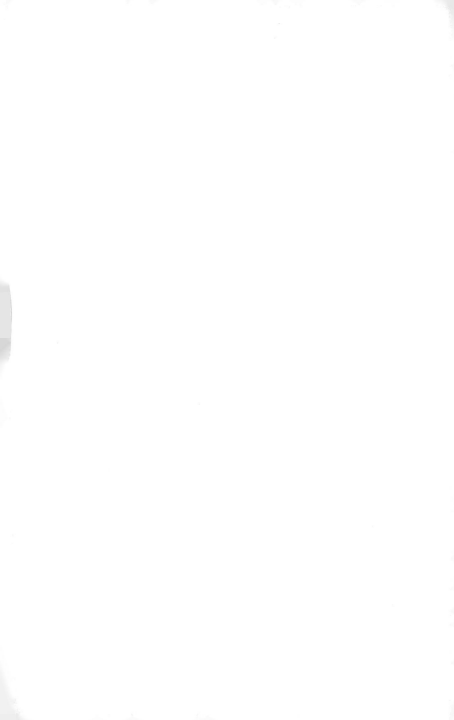